PHŒNIX

DÉTECTIVE DU TEMPS

De la même auteure

Jeunesse

- *À contre-courant*, coll. Intime, Éditions du Trécarré, Montréal, 2005.
- *De l'autre côté du miroir*, coll. Intime, Éditions du Trécarré, Montréal, 2005.
- *Entre elle et lui*, coll. Intime, Éditions du Trécarré, Montréal, 2005.
- *L'Amour dans la balance*, coll. Intime, Éditions du Trécarré, Montréal, 2005.
- *Trop jeune pour toi*, coll. Intime, Éditions du Trécarré, Montréal, 2005.
- *Phoenix, détective du temps : L'Énigme du tombeau vide*, Éditions du Trécarré, Montréal, 2006.
- *Une histoire de gars*, coll. Intime, Éditions du Trécarré, Montréal, 2007.

Sylvie-Catherine De Vailly

DÉTECTIVE DU TEMPS

L'Empereur immortel

Catalogage avant publication de Bibliothèque et Archives nationales du Québec et Bibliothèque et Archives Canada

De Vailly L., Sylvie-Catherine, 1966-

L'empereur immortel

Pour les jeunes.

ISBN 978-2-89568-346-9

I. Titre.

PS8593.A52E46 2007   jC843'.54   C2007-940794-3
PS9593.A52E46 2007

L'auteure tient à préciser que ce roman est une fiction faisant appel à des faits historiques romancés. Il ne s'agit en aucun cas d'un manuel d'histoire.

Remerciements

Les Éditions du Trécarré reconnaissent l'aide financière du gouvernement du Canada par l'entremise du Programme d'aide au développement de l'industrie de l'édition (PADIÉ) pour ses activités d'édition. Nous remercions le Conseil des Arts du Canada et la Société de développement des entreprises culturelles du Québec (SODEC) du soutien accordé à notre programme de publication. Gouvernement du Québec – Programme de crédit d'impôt pour l'édition de livres – gestion SODEC.

Couverture :
    Chantal Boyer

Illustration de la couverture :
    Olivier Nicolas

Mise en pages :
    Luc Jacques

© 2007, Éditions du Trécarré

ISBN : 978-2-89568-346-9

Dépôt légal – Bibliothèque et Archives nationales du Québec et Bibliothèque et Archives Canada, 2007

Imprimé au Canada

Éditions du Trécarré
Groupe Librex inc.
La Tourelle
1055, boul. René-Lévesque Est
Bureau 800
Montréal (Québec) H2L 4S5
Tél. : 514 849-5259
Téléc. : 514 849-1388

Distribution au Canada
Messageries ADP
2315, rue de la Province
Longueuil (Québec) J4G 1G4
Téléphone : 450 640-1234
Sans frais : 1 800 771-3022

CE QU'IL FAUT SAVOIR

SENR : Service des enquêtes non résolues

Branche occulte du BIRI – Bureau international de recherche et d'investigation – mise sur pied dans le but de résoudre des énigmes historiques en lien plus ou moins direct avec l'époque contemporaine. Les agents appartenant au SENR sont spécialement formés pour effectuer ce type d'enquêtes, qui impliquent entre autres choses de voyager dans le temps. L'un des principaux agents du SENR se nomme Phoenix. Ce nom de code lui permet de garder l'anonymat, afin de protéger sa vie privée. L'agence a développé une technologie fort avancée pour permettre à ses agents de se déplacer matériellement dans les différentes strates de l'espace-temps, sans toutefois porter atteinte à l'époque dans laquelle ils sont envoyés en mission. En effet, le rôle de ses agents n'est pas de modifier l'Histoire, mais bien d'en comprendre les mystères, qui sont devenus avec le temps de véritables énigmes.

Politeia

Nom de code de l'ordinateur de l'agent Phoenix. Cet ordinateur personnalisé met à la disposition du détective une technologie avancée, notamment de nombreux programmes conçus pour répondre aux questions et problèmes auxquels il faut souvent faire face en cours d'enquête. L'ordinateur se présente sous différents aspects selon les agents. Celui de Phoenix est comprimé dans un modeste médaillon, qui ressemble, à première vue, à un simple coquillage retenu par un cordon de cuir. Politeia permet de faire des analyses d'ADN, de relever des empreintes, d'utiliser un détecteur thermique, de sonder différentes matières, etc. Cet ordinateur comprend également un photospectre servant à effectuer des analyses spectrographiques, un détecteur de mouvements, un polygraphe, un sonotone qui amplifie les sons et plusieurs autres accessoires. Il donne accès à une banque de données continuellement mise à jour sur différents sujets historiques. Politeia apparaît à Phoenix sous la forme d'un hologramme, qu'il active par la voix, et lui donne accès à des circuits auxiliaires.

CHAPITRE 1

Très cher voisin, vous êtes cordialement invité cet après-midi, à seize heures, à prendre le thé chez votre plus dévouée voisine.

Faustine

Phoenix sourit en relisant cette invitation si finement calligraphiée sur une délicate carte de papier de riz. Faustine aimait entourer de distinction même les plus petits instants afin d'en faire des moments particuliers. Une invitation à prendre un café ou une banale tasse de thé revêtait, chez elle, une mise en scène des plus théâtrales. Et le jeune enquêteur adorait cela. Mais après tout, y avait-il des choses qu'il n'aimait pas chez elle ? Il secoua la tête en signe de dénégation. Non, bien sûr, Faustine était parfaite !

* * *

— Pile à l'heure, comme d'habitude ! Entre, je t'en prie.
Phoenix se pencha vers Faustine et déposa un tendre baiser sur sa joue. Celle-ci, comme toujours joyeusement accueillante, s'écarta lentement pour permettre au jeune homme d'entrer

9

dans son appartement. La jolie rousse habitait sur le même palier que le détective depuis quelque temps déjà, dans un loft presque identique au sien. En ce troisième millénaire, les logements de ce type, généralement situés dans des lieux désaffectés ou des usines abandonnées, abritaient des gens peu conventionnels. Il fallait être un artiste ou un libre penseur pour choisir de vivre dans ces lieux au confort assez sommaire. Ces immenses espaces étaient vivement critiqués, car ils étaient difficiles à chauffer et offraient un décor spartiate, agrémenté de tuyaux et de béton. Mais ceux qui acceptaient l'idée d'y vivre ne souhaitaient pas en changer. Il fallait penser en «loft07» pour habiter dans ce type de logement. Nos deux personnages faisaient partie de ces spécimens singuliers.

Faustine, bien que d'allure fine et délicate, était également dotée de ce caractère hors du commun que partageaient les habitants de ces résidences. Elle était passionnée d'objets et de meubles antiques, et cette passion se traduisait dans sa décoration quelque peu éclectique, oscillant entre le neuf et l'ancien. Ainsi, le tout dernier modèle de retransmission par images holographiques (qu'on appelait anciennement télévision) côtoyait un buffet de l'époque victorienne et ses riches fioritures. Phoenix se sentait ici chez lui, et leurs rencontres s'éternisaient très souvent tard en soirée. Ils se voyaient régulièrement, du moins aussi souvent que le leur permettait leur emploi du temps. Tout comme Phoenix, la jeune femme avait des horaires très chargés. Le détective n'osait l'interroger sur ses occupations professionnelles de peur qu'elle-même ne lui pose certaines questions qu'il souhaitait éviter. Il n'y avait rien de secret à enquêter sur des énigmes du passé, mais le SENR exigeait tout de même de ses enquêteurs la plus grande discrétion.

— Je suis heureuse que tu sois là, enfin! Depuis quelques semaines, nous avons de grandes difficultés à nous voir. Tu es toujours absent!

Phoenix plongea son regard pervenche dans celui de la jeune femme pour y dénicher la trace d'un reproche, mais il n'y trouva rien. Faustine ne semblait pas s'offenser des absences et des horaires plutôt étranges de son voisin. L'enquêteur pensa qu'elle devait tout de même se poser des questions et se demanda quand elle l'interrogerait sur le sujet. En attendant, il était préférable de faire dévier les conversations traitant de ses activités professionnelles. De toute façon, ils avaient bien d'autres sujets de discussion. Et leur intérêt commun pour l'histoire de l'humanité était sûrement celui qu'ils préféraient tous les deux.

— Moi aussi, d'ailleurs… ajouta-t-elle devant le mutisme du jeune homme.

Puis, d'un geste, elle le convia à prendre place dans le confortable et englobant divan de plumes blanc cassé de son salon, avant de disparaître derrière un paravent tendu de brocart rouge Pékin, sur le pourtour duquel serpentaient de délicates fleurs blanches. Une séparation symbolique destinée à délimiter le salon de la cuisine.

Quelques secondes plus tard, elle réapparut, les bras chargés d'un long et profond plateau de bois de teck rougeâtre contenant deux théières, l'une en fonte noire et l'autre en grès, assurément une *yixing**, ainsi que deux petites tasses en céramique finement décorées, de même confection.

Phoenix observait silencieusement les gestes précis de la jeune fille. Sans dire un mot, elle s'agenouilla à la chinoise

---

*   Voir lexique en fin de volume.

devant la table basse qui les séparait pour y déposer son fardeau. D'une main experte, elle fit couler de l'eau bouillante sur la théière de grès, ainsi que dans les deux gobelets pour les réchauffer. L'eau s'écoulait dans le plateau, et Phoenix comprit alors pourquoi ce dernier était doté de hauts rebords. Après quelques secondes, Faustine ouvrit la théière maintenant chaude pour y déposer quelques feuilles roulées de thé blanc. Elle attendit encore avant de poursuivre son cérémonial. Phoenix, toujours silencieux, la contemplait. Il connaissait le rituel du thé. Ce n'était pas la première fois que Faustine l'y conviait, et il restait toujours attentif à ses moindres détails. Il savait que ces instants étaient précieux pour Faustine, et lui aussi les appréciait, tout comme il savourait égoïstement ces moments intimes où il pouvait l'observer attentivement, sans qu'il y ait le moindre malaise entre eux.

Le temps d'infusion étant terminé, d'un geste des plus gracieux Faustine offrit à l'enquêteur une tasse contenant le précieux breuvage. La tasse n'était ni trop chaude ni trop froide. Phoenix en huma tous les effluves avant de la porter à ses lèvres.

— C'est un thé blanc... précisa Faustine, avant de le goûter à son tour.

— Délicieux... Pourquoi le nomme-t-on ainsi?

— C'était, dit-on, le thé des empereurs. Longtemps ce thé leur a été réservé. Il s'agit, paraît-il, du thé le plus fin et le plus délicat. Il tient son nom de sa couleur blanc argenté. Pour le produire, on cueille les feuilles avec leurs bourgeons : ils ont un duvet argenté qui leur vaut le surnom d'*aiguilles d'argent*. La particularité du thé blanc réside dans son temps de séchage, beaucoup plus court que celui des autres thés. C'est l'un des thés les plus chers du monde, car on ne le récolte qu'une seule fois par année, et seulement à petite échelle.

— Il est vraiment délicieux, conclut Phoenix en reposant sa tasse vide sur le plateau. J'aime, car il est moins amer…

— Tu as raison, c'est une des particularités du thé blanc. Même si son temps d'infusion est long, il ne dégage pas d'amertume. On peut même réinfuser ses feuilles…

Phoenix regardait sa jeune voisine avec admiration. Tout ce qu'elle disait et tout ce qu'elle pensait tenait pour lui de la vérité absolue. Il adhérait à ses paroles et à ses propos sans jamais les remettre en question. Faustine avait toujours raison. Il ne l'écoutait plus tant il était occupé à la contempler. Il détailla pour la énième fois son visage si joliment dessiné, si bien proportionné, ses yeux couleur de jade qui brillaient d'intelligence, de perspicacité et de gaieté. Phoenix s'attarda sur ses quelques taches de rousseur qui, comme un dessin d'enfant, soulignaient ses joues rosées. Il suivait ses gestes et, pendant un instant, il observa ses bras délicats d'une blancheur vanillée lui verser de nouveau du thé. Elle était magnifique.

Soudain, alors que Phoenix éprouvait l'envie de lui avouer ses sentiments, de lui dévoiler enfin ce qu'il ressentait pour elle depuis si longtemps, une légère vibration se répandit dans tout son corps. Il se leva d'un bond. Faustine le dévisageait, étonnée, tenant la théière figée dans son mouvement.

— Je suis désolé, Faustine, je dois emprunter tes toilettes.

Sans attendre de réponse, il se dirigea d'un pas rapide de l'autre côté du loft. Une fois seul, sur un ton légèrement irrité, il prononça à voix basse :

— Oui, Politeia ?

Immédiatement, l'informatrice se matérialisa devant lui. Silencieuse, elle fit un tour complet sur elle-même avant de demander à Phoenix :

— Sommes-nous où je pense ?

— Oui, dans les toilettes de Faustine... lança-t-il d'une voix bourrue, excédé d'être dérangé dans un moment intime aussi important.

L'informatrice le regarda sans comprendre pourquoi il était de si mauvaise humeur. Elle passa outre son ton colérique et lui fit part des raisons de sa présence.

— Je suis réellement désolée de te déranger, Phoenix, surtout à un moment que tu sembles juger inapproprié, mais tu dois partir, une nouvelle enquête t'attend. Je te retrouve dans ton appartement dans une dizaine de minutes, le temps de dire au revoir à ton amie...

Politeia disparut aussitôt sans laisser à l'enquêteur le temps de lui répondre. Cette arrivée impromptue avait considérablement irrité le jeune homme. Il se regarda un instant dans le miroir baroque qui occupait presque tout le minuscule cabinet. Il devait remettre ses idées en place et se calmer. Avec un soupir pesant, il ouvrit la porte et dit à sa voisine, qui l'observait avec étonnement :

— Je suis navré, Faustine, mais je dois m'en aller... J'ai un imprévu.

Il montra du doigt son vidéotexte, qu'il conservait attaché à sa ceinture lorsqu'il n'était pas en mission.

Faustine se leva, le sourire aux lèvres.

— Je comprends très bien. J'ai moi aussi des imprévus qui surviennent comme ça, sans que je m'y attende... dit-elle en éclatant de rire. Un peu illogique comme tournure de phrase, non ?

Phoenix lui sourit :

— Nous avons tous deux des imprévus… imprévus !

La jeune femme s'approcha de lui, souriante, posa sa main sur son épaule avant de l'embrasser sur la joue.

— Si tu as besoin que je m'occupe d'Amon, fais-moi signe… Comme d'habitude ! À bientôt, mon cher Phoenix, un de ces quatre nous allons devoir nous asseoir et discuter. Je crois que nous avons beaucoup de choses à nous dire…

Ce départ précipité mettait Phoenix fort mal à l'aise. Il se força à sourire avant de baragouiner :

— Je te donne des nouvelles ! Je suis encore une fois désolé de te quitter aussi rapidement…

— Ça ne fait rien… Je commence à avoir l'habitude. Si je ne te connaissais pas si bien, je dirais que tu as peur de te retrouver en tête-à-tête avec moi… Allez, sauve-toi, conclut-elle en ouvrant la porte pour le pousser doucement dehors.

CHAPITRE 2

— Politeia ! Je suis là !

Le ton de Phoenix était tranchant. Il alla tout de suite prendre place à son bureau, prêt à recevoir les transparents de sa prochaine enquête. L'écran cathodique, maintenu par un bras télescopique en acier, se dirigea de lui-même vers l'enquêteur. Une image en trois dimensions apparut : des statues apparemment faites de pierre.

Phoenix les regarda en fronçant les sourcils. Il reconnaissait parfaitement ces sculptures qui constituaient la très célèbre armée de terre cuite retrouvée en Chine quelques siècles auparavant. Les yeux toujours fixés sur l'écran, il saisit les transparents maintenant imprimés et s'apprêtait à les lire lorsque Politeia se matérialisa à ses côtés.

— Es-tu de meilleure humeur ?

L'enquêteur releva les yeux vers elle, sans répondre.

— Je suis encore une fois désolée, Phoenix, de t'avoir dérangé chez Faustine…

— J'ai l'impression que je vais devoir aller en Chine pour ma prochaine mission, dit-il, pour changer de sujet.

— Oui, effectivement. Tu pars pour la région de Xi'an, sous le règne de l'empereur Qin Shi Huangdi*.

17

— Pour y découvrir quoi?

— Nous cherchons à connaître les raisons qui ont poussé l'empereur à faire construire cet immense mausolée où il s'est fait enterrer avec sa cour, ainsi que les quelque huit mille statues de pierre représentant son armée.

— Il me semble avoir lu quelque part que plusieurs hypothèses ont été avancées, mais qu'aucune n'est concluante pour le moment, dit Phoenix en réfléchissant à voix haute.

— Exact. On ignore toujours pourquoi l'empereur a fait reproduire ses soldats pour l'accompagner dans l'au-delà, continua Politeia. Une partie du mausolée est toujours enfouie sous terre, car son excavation est impossible. Le niveau de la rivière Weï, qui longe le mont Li, empêche les archéologues d'atteindre le tombeau de l'empereur. Dès que les ingénieurs et les archéologues tentent de reprendre les fouilles, les fosses se remplissent d'eau.

— C'est le principe des vases communicants! confirma l'enquêteur.

— Impossible d'accéder au reste du site, et donc à la tombe de l'empereur, où se trouvent assurément plusieurs réponses aux nombreuses questions entourant ce mausolée, poursuivit l'hologramme. Les experts du SENR pensent que la rivière a dû être détournée de son lit à l'époque, le temps de la construction du tombeau.

— … ou que les mouvements naturels des sols ont créé des failles au niveau de la structure même du mausolée, ajouta le jeune homme.

— Exactement, poursuivit l'hologramme. La Chine est une région hautement sismique. Quoi qu'il en soit, les archéologues ne parviennent pas à atteindre cette partie du site. Tu comprends maintenant qu'il faut procéder autrement pour trouver les informations qui manquent, et c'est le but de ta mission. Le SENR souhaite que tu partes là-bas pour tenter de découvrir ce qui a motivé l'empereur à édifier une telle tombe.

— Je ne suis pas un spécialiste de l'Extrême-Orient! s'étonna Phoenix. Pourquoi ne pas envoyer Chan? Il est chinois, je crois...

— Parce que Chan est déjà sur une autre enquête et qu'en plus ton physique se prête plutôt bien à notre mise en scène. Ton arrivée coïncidera avec la venue prochaine d'un guerrier du nord que l'Empereur attend avec impatience. Il ne l'a jamais rencontré, mais la renommée du voyageur le précède. Tu joueras le rôle d'un officier supérieur, un ministre des Armées pour être plus précise.

— Peste! Je monte vite en grade! s'amusa Phoenix.

— Ne t'emballe pas trop. Il s'agit d'un titre honorifique que l'empereur a lui-même donné à ce militaire. Selon les données historiques, le père du guerrier a combattu aux côtés de Qin Shi Huangdi avant que celui-ci ne se proclame empereur de l'empire du Milieu, et lui a sauvé la vie. Par gratitude, le souverain a accordé au fils de son sauveur, qui n'était alors qu'un jeune enfant, le grade de ministre des Armées. Cette histoire s'est déroulée quinze ans auparavant, et le fils entre maintenant dans ses nouvelles fonctions.

— Je vois... Le problème, c'est que je ne parle pas chinois.

— Le mandarin, précisa Politeia. Nous le savons. Pour la langue, il n'y a aucun problème. Nous allons t'introduire dans l'oreille et sur la langue une puce appelée *linguistographe*, qui traduira simultanément ce que tu entends et ce que tu dis. C'est une nouvelle technique, mais elle est très au point.

Voyant Phoenix grimacer, l'informatrice ajouta :

— C'est sans douleur, ne t'inquiète pas. Voilà le dossier que je t'ai monté, lis-le attentivement… Et n'hésite pas si tu as des questions, je reste à ta disposition.

Phoenix reprit les transparents avant d'aller s'installer dans son confortable fauteuil de cuir, sur lequel Amon – son chat nu – dormait en ronflant bruyamment. L'enquêteur glissa sa main sous le ventre chaud dépourvu de poils du chat, pour le déloger du fauteuil. Amon n'ouvrit même pas les yeux, habitué de se faire ainsi déplacer par son maître.

DOSSIER XI'AN
L'ARMÉE DE TERRE CUITE

QIN SHI HUANGDI, EMPEREUR FONDATEUR DE LA DYNASTIE QIN, RÈGNE DE 247 À 210 AV. J.-C. SON NOM À LA NAISSANCE EST YING ZHENG. IL EST ÉGALEMENT CONNU COMME LE ROI ZHENG DE QIN, MAIS PLUS SOUVENT APPELÉ QIN SHI HUANGDI, QUI SE TRADUIT PAR « PREMIER AUGUSTE SOUVERAIN ». SON NOM S'ÉCRIT ÉGALEMENT TS'IN CHE HOUANG-TI.

SON RÈGNE SE DÉROULE SOUS LE SIGNE DE L'AUTORITÉ. QIN SHI HUANGDI EST EN EFFET UN HOMME QUI NE SUPPORTE PAS LA CONTESTATION. POUR DÉMONTRER L'ÉTENDUE DE SON POUVOIR, IL IMPOSE SA VOLONTÉ EN FAISANT EXÉCUTER TOUS LES CONFUCÉENS*, QU'IL ACCUSE DE COMPLOTER CONTRE LUI. ILS SONT ARRÊTÉS, JUGÉS ET ENTERRÉS VIVANTS, ET LEURS ÉCRITS SONT BRÛLÉS SUR LA PLACE PUBLIQUE. IL EXIGE ÉGALEMENT QUE TOUS LES LIVRES SOIENT DÉTRUITS DANS UN AUTODAFÉ*, SAUF CEUX

QUI ONT UN CARACTÈRE PRATIQUE, COMME LES TRAITÉS D'AGRICULTURE OU DE MÉDECINE.

QIN SHI HUANGDI INSTAURE UN RÉGIME QU'ON QUALIFIERAIT AUJOURD'HUI DE TOTALITAIRE, ET SA FAÇON DE RÉGNER FAIT NAÎTRE DE NOMBREUSES RÉVOLTES DURANT TOUT SON RÈGNE. SON POUVOIR ÉTATIQUE REPOSE SUR UN ENSEMBLE DE LOIS TRÈS STRICTES, DONT LES BALISES SONT ÉTABLIES PAR DES RÉCOMPENSES ET DES PUNITIONS. IL EST VICTIME DE NOMBREUX ATTENTATS TOUT AU LONG DE SON RÈGNE.

BIEN QU'IL LAISSE DERRIÈRE LUI L'IMAGE D'UN ROI FROID ET SANS SCRUPULES, L'EMPEREUR A TOUT DE MÊME BEAUCOUP FAIT POUR SON PAYS. AINSI, C'EST GRÂCE À LUI ET À L'UNIFICATION DES SEPT ROYAUMES QUI S'ENTRE-DÉCHIRAIENT DEPUIS DES DÉCENNIES QUE LA CHINE NAÎT ET ACCÈDE AU STATUT D'EMPIRE. C'EST ÉGALEMENT LUI QUI STANDARDISE LE SYSTÈME DES POIDS ET MESURES, DES LANGUES ET DE L'ÉCRITURE. IL FAIT CONSTRUIRE DES PONTS ET DES CANAUX ET FAIT TRACER LES PREMIÈRES ROUTES QUI SILLONNENT LE ROYAUME DU MILIEU. AFIN DE PROTÉGER SON EMPIRE CONTRE LES ENVAHISSEURS VENANT DU NORD, LES XIONGNU*, IL FAIT CONSTRUIRE PLUSIEURS PANS DE MURS, QUI SE REJOIGNENT POUR FORMER LE TRACÉ DE LA FUTURE GRANDE MURAILLE. SELON LES LINGUISTES, IL EST FORT PROBABLE QUE LE NOM DE QIN, QUI SE PRONONCE «CHIN», SOIT À L'ORIGINE MÊME DU NOM CHINE.

LE MAUSOLÉE EST MIS AU JOUR EN 1974 LORS DE L'EXCAVATION D'UN PUITS PAR DES PAYSANS. LA TOMBE, CREUSÉE EN PARTIE DANS LA PLAINE ET SOUS LE MONT

Li, se situe à quarante kilomètres de Xianyang, la capitale impériale de l'époque, proche de l'actuelle Xi'an. Elle se situe à sept mètres de profondeur et contient plus de huit mille statues de soldats en terre cuite conçues et réalisées pour protéger l'empereur.

Chaque soldat a sa fonction et des vêtements bien définis. Chaque couleur correspond à un corps d'armée. Selon les écrits d'un historien contemporain, Sima Qian*, il a fallu sept cent mille personnes et trente-cinq ans pour édifier ce tombeau. Sa construction a débuté dès l'arrivée de Shi Huangdi au pouvoir, alors qu'il était âgé de treize ans.

Le mausolée serait également le sépulcre de toute la cour de l'empereur. On y trouverait ses épouses, de nombreuses concubines, son personnel, ses animaux domestiques et ses esclaves, tous entassés dans des sépultures situées en périphérie de la tombe royale, jusqu'ici inaccessible.

Obsédé par l'immortalité, Shi Huangdi aurait ordonné à ses médecins de trouver l'élixir lui permettant de vivre éternellement. Ces derniers auraient alors dépêché des hommes aux quatre coins de l'empire, en se fondant sur des contes fantastiques dans lesquels les dieux offraient aux hommes de mérite des breuvages ayant le pouvoir de repousser la mort.

Il va sans dire que nul ne revit jamais ces émissaires. Après moult tentatives et prescriptions, les médecins proposèrent enfin à Shi Huangdi

UNE PRÉPARATION MAGIQUE AU MERCURE, PANACÉE QUI PROVOQUA SA MORT PRÉMATURÉE.

— Donc, si je comprends bien, mon rôle sera de découvrir pourquoi cet empereur a eu l'idée de se faire construire sous une montagne un tombeau aussi grand qu'une ville, et contenant tous ses hommes et ses proches.

— Oui, précisément. Les archéologues et les historiens ne comprennent pas encore les motivations de l'empereur. Outre son excentricité mégalomaniaque évidente, il devait y avoir d'autres raisons encore inconnues.

— ... que le SENR souhaite découvrir ! fit Phoenix, un tantinet ironique.

— Ce personnage historique a une grande importance dans l'histoire de la Chine, puisque c'est le père fondateur de l'empire, comme tu as pu le lire. Il est donc essentiel de pouvoir le comprendre et de découvrir tout ce qui se rapporte à lui, aussi bien les choses qu'il a apportées à son pays que ses réflexions et sa pensée. Comme il subsiste très peu d'écrits sur ce personnage, tu devras nous transmettre un rapport complet sur cette période méconnue.

— OK, lança Phoenix en opinant de la tête, l'idée me plaît. Même si je ne suis pas un expert, la Chine m'a toujours fasciné. Je serai donc ministre des Armées !

— Un titre purement honorifique, rappela Politeia.

— Hum, hum, j'ai compris !

CHAPITRE 3

**Xianyang, capitale de la province de Shaanxi,
l'an 210 av. J.-C.**

— Votre cheval est prêt, honorable *xiàoguan**.

— Merci.

Phoenix monta sur le fier étalon, avant de réajuster sa veste et de placer les pans de son large pantalon de soie anthracite de manière plus appropriée. Le palefrenier lui tendit alors un sac de jute solidement ficelé, contenant de toute évidence un arc, un carquois et des flèches, ainsi que quelques effets personnels, que le cavalier prit soin d'attacher à sa selle.

Avant d'intimer au cheval de se mettre en route, Phoenix tenta encore une fois, sous l'œil étonné du palefrenier, d'ajuster sa longue épée, qui lui cognait la cuisse à chaque mouvement de l'animal. En voyant le regard indiscret et surpris de l'homme, le voyageur du Temps comprit qu'il devait se mettre en route avant que celui-ci ne se pose trop de questions.

« Si je veux passer pour un militaire, songea l'enquêteur, j'ai intérêt à savoir comment placer mon épée, une fois à cheval. »

25

Il fit une moue, avant de tirer sur les rênes de sa monture pour l'inciter à prendre la direction de l'est. Le cavalier s'éloigna rapidement sous le regard inquisiteur du valet, qui murmura pour lui-même avant de s'éloigner en haussant les épaules :

« Bien étrange, cet officier qui ne semble pas trop savoir comment monter à cheval comme tous militaires de son rang. Encore un fils à papa qui a hérité d'un titre sans en avoir les mérites ! »

* * *

L'arrivée de Phoenix à Xianyang, la capitale impériale, était prévue en après-midi, ce qui lui laissait le temps nécessaire pour se familiariser avec les termes et les informations concernant cette époque historique de la Chine. Il avait lu que le pays était divisé en plusieurs contrées avant que Qin Shi Huangdi n'unifie l'empire chinois. Ces nombreuses provinces étaient toutes des royaumes. Ainsi, des régions comme Zhou, Han, Zhao, Wei, Chu, Yan et Qi étaient tombées en moins de dix ans sous la domination du futur empereur. Pour contrôler ces territoires, il avait dès son arrivée au pouvoir formé un gouvernement civil et militaire, sur lequel il exerçait une autorité sans partage, avant de se proclamer lui-même Premier Empereur.

Phoenix se demanda comment il allait être reçu et comment se déroulerait sa vie au sein d'une si grande organisation militaire. Il connaissait bien entendu la pratique des armes, mais ne se distinguait pas vraiment dans le combat à l'épée. En outre, il était loin d'être expert dans les arts martiaux, il se débrouillait, sans plus, et ces détails le dérangeaient un peu. De toute évidence, il devrait éviter de se retrouver dans une situation de combat qui pourrait se révéler fort périlleuse pour lui. Fataliste, l'enquêteur haussa les épaules. Après tout, il s'était toujours plutôt bien tiré d'affaire lors des missions qu'il avait menées jusque-là. Il improviserait, comme d'habitude. Cette conclusion le fit sourire.

Sa chevauchée dura deux bonnes heures. Seule la route menant à la capitale était aplanie et meuble, mais plusieurs sentiers la croisaient, et ce fut grâce à son précieux médaillon que Phoenix parvint à trouver son chemin.

Graduellement, le paysage se mit à changer. Les petites maisons de boue séchée étaient de plus en plus rapprochées les unes des autres, signe évident que Phoenix n'était plus très loin de la ville. Les paysans habitaient hors des enceintes du palais, mais dès qu'ils se sentaient menacés, ils couraient se réfugier derrière les fortifications.

Phoenix s'attarda à contempler le paysage. Il apercevait un lacet bleu presque noir qui serpentait dans le lointain : c'était le Huang He, le fleuve Jaune où devait sûrement se jeter la Weï. Il découvrait une nature luxuriante, malgré la saison tardive, baignant dans une lumière jaunâtre tamisée, comme si une pellicule se superposait à sa vision. En contrebas du chemin, il aperçut des champs de théiers et eut une pensée pour sa chère Faustine. La route se garnissait de massifs de bambou, et une agréable odeur de magnolias se répandait dans l'air. Cela lui fit penser à un dessert que Faustine lui avait déjà fait goûter, et aussitôt il ressentit l'envie de s'attabler devant un bon repas, se demandant si son arrivée était attendue et si l'on avait préparé un quelconque festin.

Enfin, Phoenix aperçut la capitale impériale se dresser lentement devant ses yeux. Il vit d'abord les fortifications de pierre qui protégeaient l'accès à la ville. On pouvait les découvrir de très loin tant elles étaient imposantes, avec leurs tours et leurs immenses portes flanquées de piliers peints en rouge et richement décorés. À cette distance, Phoenix apercevait seulement les toits de la ville impériale, aux tuiles rouge terreux si caractéristiques, qui se courbaient gracieusement vers le ciel.

Son cheval accéléra le pas, et le voyageur du Temps franchit rapidement les quelques mètres qui le séparaient du premier poste de garde. Aussitôt, un *zu** se dressa devant Phoenix et, reconnaissant son grade grâce au chapeau à la forme si particulière qu'il portait, lui fit un salut protocolaire et attendit silencieusement que l'enquêteur lui adresse la parole. Nul subalterne ne pouvait s'adresser directement à un officier, il devait attendre que celui-ci le questionne en premier, l'autorisant ainsi à parler.

— Je suis Phoenix, *xiàoguan*, attendu par l'Honorable Empereur Qin Shi Huangdi. Fais-moi annoncer.

Le *zu* disparut immédiatement en courant. Phoenix n'eut pas à attendre bien longtemps. Un officier fonctionnaire arriva bientôt en compagnie d'un *wèi**, précédant le garde. L'inconnu était âgé d'une bonne trentaine d'années, et l'enquêteur remarqua aussitôt une longue cicatrice couleur vin qui lui traversait la joue. L'officier fronça les sourcils, visiblement surpris, et peut-être inquiet, de découvrir le nouvel arrivant. Il le dévisagea un bref instant, comme s'il cherchait à découvrir quelque chose de suspect chez lui. Phoenix eut une drôle de sensation et, pendant une fraction de seconde, se demanda si l'officier ne connaissait pas celui dont il avait usurpé la place. L'enquêteur avait la désagréable intuition que cet officier attendait quelqu'un d'autre. Phoenix ressentait un malaise.

— Soyez le bienvenu, *xiàoguan* Phoenix, finit par dire l'officier en le saluant. Je suis le *guàn** Yeou. Nous attendions

28

votre arrivée avec impatience. J'ai profondément honte de mon manque de courtoisie, avoua-t-il en baissant symboliquement la tête en signe de soumission. Vous dévisager était impoli de ma part, mais j'ai dû mal interpréter les informations qu'on m'a données. J'attendais quelqu'un d'autre. Daignez me pardonner.

L'officier plaça sa main gauche sur son cœur tout en effectuant un léger mouvement avant du torse. Phoenix, hésitant, descendait à peine de cheval pour saluer à son tour l'officier que déjà celui-ci l'invitait à le suivre à travers les ruelles menant au quartier général.

— Notre Honorable Empereur Qin Shi Huangdi est déjà prévenu de votre arrivée. Je vais vous montrer vos quartiers. Vous devrez vous présenter à lui convenablement vêtu, en tenue d'apparat, pour le repas de ce soir. Notre Vénérable Shi Huangdi vous fait la grâce de vous convier à sa table.

— C'est un grand privilège! dit Phoenix en épiant les gestes de son interlocuteur du coin de l'œil, tandis que l'autre confirmait le propos d'un signe de tête.

— Je vous envoie tout de suite un *fùguan** qui sera à votre service et vous servira de guide. Je vous laisse vous reposer, conclut-il en effectuant de nouveau un léger mouvement avant du torse.

Phoenix n'avait rien à ajouter. D'ailleurs, songea-t-il, il n'y avait rien de plus à dire. Il était soulagé de n'avoir pas eu à faire la conversation avec l'officier, cela lui laissait le temps de prendre ses marques et d'imposer sa prestance. Voir et entendre l'officier parler et agir lui avait donné de précieux indices sur la conduite à tenir. Ainsi, il comprenait les attitudes à prendre et l'étiquette à respecter, et s'en imprégnait un peu mieux. Toutefois, l'enquêteur appréhendait quelque peu la suite des événements. En affirmant qu'il croyait avoir mal compris les informations entourant la venue de Phoenix, l'officier s'était montré un peu trop méfiant vis-à-vis de l'enquêteur. Phoenix en fut troublé, mais il n'avait pas le choix, il fallait qu'il poursuive sa mission. Il devait contacter Politeia aussitôt que possible.

Comme dans toutes les cours royales, on ne se présentait pas ici devant un gradé, un intendant et surtout l'empereur, comme devant un simple commerçant. Les rencontres entre les gens appartenant à l'aristocratie et à la classe dirigeante s'enrobaient de formules de politesse sophistiquées et de fioritures alambiquées. Phoenix n'aimait pas beaucoup tous ces salamalecs, mais il savait qu'il ne pouvait y échapper. C'était la règle.

Lorsque l'enquêteur se retrouva seul dans ses nouveaux appartements, il laissa enfin échapper un long soupir de soulagement. Il entrait maintenant dans le vif de sa mission, il devait prendre son rôle très au sérieux. Il lui fallait à présent endosser en tous points sa nouvelle identité : il n'était plus Phoenix, mais *xiàoguan* Phoenix, ministre des Armées.

* * *

Quelques minutes passèrent, puis Phoenix perçut un léger mouvement à la porte d'entrée. C'était, il s'en doutait, le domestique. Le *fùguan* se tenait immobile, la tête inclinée, attendant silencieusement que son nouveau *fù** lui parle. Il pourrait rester ainsi des heures sans bouger si Phoenix le souhaitait, mais l'enquêteur n'était pas du genre à profiter de ses privilèges, d'autant qu'il était pleinement conscient de la vie difficile menée par ces esclaves militaires ; la plupart d'entre eux

30

étaient d'anciens soldats, parfois même des gradés, qui avaient été faits prisonniers. La coutume n'était pas de dire bonjour, mais uniquement de saluer d'un mouvement du tronc vers l'avant, en gardant la tête baissée. Cette marque de politesse ne s'adressait cependant pas aux domestiques. Phoenix fit donc un effort pour ne pas enfreindre la coutume. Il devait éviter de se faire remarquer dès son arrivée. Il ne se retourna donc pas vers son *fùguan* et garda le dos tourné pour lui adresser la parole. L'enquêteur trouvait cette pratique impolie et humiliante, mais il devait s'y conformer.

— J'ai faim, je voudrais une collation avant le repas de ce soir, lança-t-il en tentant de se montrer ferme, mais tout de même chaleureux.

— Désirez-vous, *fù*, quelque chose en particulier ?

— Non. Des fruits feront très bien l'affaire, et quelque chose à boire.

Le domestique disparut aussitôt, laissant ainsi le loisir à Phoenix de découvrir son logement. Assez spacieuse, la demeure comprenait trois grandes pièces principales. La première, dans laquelle il se trouvait, était immense ; elle servait à la fois d'entrée, de salon et de salle à manger. La deuxième était la chambre ; et la dernière, la salle d'eau, où Phoenix découvrit avec intérêt une cuve en lieu et place de la baignoire. Il se voyait déjà macérer dans un bain afin de détendre ses muscles ankylosés après ces deux longues heures de chevauchée.

Les pièces étaient épurées, très peu meublées, et ne se distinguaient que par les couleurs de leurs murs richement rehaussés de peinture. Le sol de la chambre était garni d'un immense tapis de soie finement tissé aux motifs orientaux, sur lequel reposaient des planches de bois laqué couvertes d'une natte qui servait de couche. Deux grands coffres, également

31

de bois laqué, offraient l'espace nécessaire au rangement. La pièce présentait aussi plusieurs fenêtres faites de lattis* et de claires-voies* jouant avec la lumière. C'était un des traits caractéristiques de l'architecture chinoise. La lumière extérieure, filtrée par ces détails de bois, dessinait des calligrammes* et des dessins sur les tapis et les sols des maisons.

La pièce était séparée de la salle d'eau par de hauts et larges paravents tirés de soie qui s'ouvraient comme des portes. À la fois bureau et salle de repas, l'autre pièce ne contenait qu'une table basse, ronde, autour de laquelle d'épais coussins de soie multicolores servaient de sièges. Le sol était également recouvert de tapis, et des paniers de rotin tenaient lieu de rangements. À gauche des coussins destinés à accueillir les éventuels visiteurs, se trouvaient de petits accoudoirs de bois conçus pour assurer leur confort lorsqu'ils demeuraient trop longtemps assis dans la même position.

Il n'existe en effet que trois manières convenables de s'asseoir en Chine. La première, les jambes croisées, est la position du lotus, communément appelée en tailleur. La seconde, en L, les jambes étendues droit devant soi, est probablement la moins confortable. Et la dernière, plus officielle, consiste à s'agenouiller tout en laissant reposer ses fesses sur ses talons. C'est cette dernière position, appelée *ji**, qui est la plus assumée, que ce soit en signe de respect ou pour manger.

Le serviteur revint rapidement chargé d'un plateau contenant des mandarines et des pêches, un bol de *niangao*, un gâteau de riz parfumé au lait d'amande et une boisson à base de lait de coco, qu'il déposa sur la table basse. Phoenix prit aussitôt place en se pourléchant d'avance les babines. Il croqua sans hésiter dans une pêche. Elle était parfaite, sucrée et juteuse, sans fibres, et fondait délicatement dans sa bouche. Sous le regard quelque peu amusé de son domestique, l'enquêteur ferma un instant les yeux pour apprécier toute la saveur du fruit, comme il le faisait chaque fois qu'il appréciait un aliment.

* * *

Le *fùguan* demeurait en tout temps tapi dans l'ombre d'une des pièces où, même la nuit, il dormait recroquevillé sur un tapis grossièrement tressé, attendant de recevoir les ordres de son nouveau maître, l'officier supérieur Phoenix, ministre des Armées. Sentant continuellement la présence du serviteur à ses côtés, l'enquêteur se demanda plus d'une fois comment il allait trouver le moyen de communiquer avec son informatrice, Politeia.

Le domestique remua légèrement. Il savait que son supérieur ne tarderait pas à l'appeler, car il était grand temps que son *xiàoguan* commence à se parer pour sa rencontre avec l'empereur. Le nouveau maître avait passé bien du temps dans la salle d'eau, et plusieurs fois le *fùguan* avait dû remplir la cuve d'eau bouillante. Les tailleurs du palais avaient apporté des vêtements neufs, spécialement confectionnés pour lui, car l'invité devait se vêtir convenablement, et de toute évidence, les militaires ne transportaient pas avec eux des vêtements d'apparat.

Phoenix regardait les vêtements du coin de l'œil, intrigué. Il ne savait pas par où commencer. L'ampleur des vêtements et les nombreux pans dont ils étaient constitués avaient quelque chose de déroutant, rendant l'habillage compliqué. Soudain, Phoenix remarqua que son domestique se trouvait déjà agenouillé devant lui, écartant l'ouverture du large pantalon de soie bleue que l'officier devait enfiler. Venait ensuite une tunique blanche qui servait de sous-vêtement, qu'il devait porter sous une autre tunique du même bleu azur que le pantalon, longue, étroite et fendue sur les côtés, appelée *haol*, dont les manches longues et étroites se fixaient à la taille à l'aide d'une ceinture de soie.

Le *fùguan*, la tête baissée, présenta enfin à Phoenix un long manteau de soie jaune et bleu richement brodé d'un dragon à trois doigts et de serpents, un vêtement qu'il devait porter ouvert. La tradition voulait que les manches soient longues et que les mains demeurent cachées. Phoenix savait qu'il n'avait pas le droit de pénétrer armé dans le palais impérial. Il n'avait donc pas à s'encombrer de sa longue épée d'apparat. Priant timidement l'officier de s'agenouiller, le *fùguan* ramassa délicatement les cheveux de son nouveau maître, les remonta sur le dessus de sa tête et forma avec art un chignon qu'il fixa à l'aide de barrettes et d'une baguette de bois. Phoenix sourit en se voyant dans le miroir qui lui renvoyait son image. Ainsi mise en évidence, sa mèche blanche suivait l'arrondi de sa tête, ce qui lui conférait une allure plus sage et commandant le respect. Un signe que les Chinois appréciaient. Il ne lui restait plus qu'à enfiler de fines chaussettes blanches en soie, puis à glisser ses pieds dans des chaussons de cuir rouge, d'une grande souplesse, qui montaient jusqu'à ses chevilles, le bout de la chaussure se recourbant légèrement.

Phoenix se contempla un moment dans le miroir avec satisfaction, fier de l'image qu'il projetait. Il avait toujours trouvé les vêtements traditionnels chinois et japonais d'une élégance extrême. Et il songea qu'il avait fière allure ainsi vêtu. Faustine l'aurait assurément taquiné en le voyant habillé de la sorte, encore que…

Depuis près d'une heure, comme les autres invités, le voyageur du Temps attendait dans une salle contiguë à celle des banquets d'être admis à l'intérieur. Mais on n'accédait pas à cette dernière salle avant que l'empereur lui-même n'en donne l'ordre.

Un fonctionnaire ouvrit enfin toutes grandes les doubles portes d'acajou et appela dans l'ordre les invités pour les diriger vers la place qui leur avait été assignée. Phoenix fut le premier appelé. Il perçut surprise, incrédulité et jalousie dans le regard des autres invités. La plupart faisaient partie de la noblesse, d'autres des ministères, et ils comprenaient difficilement qu'un officier, même haut gradé, mais nouvellement arrivé, passât devant eux. Peu connaissaient les véritables raisons de sa présence à la cour, et plusieurs considéraient que son titre honorifique de ministre des Armées était une simple faveur de la part de l'empereur. La rumeur courait que cet étranger portant le nom d'un oiseau mythique, assurément fictif, n'était en réalité qu'un espion à la solde d'un roi déchu. Mais l'empereur avait souhaité l'inviter, et tous devaient se plier à ses moindres désirs.

L'immense salle était meublée d'un alignement de tables basses, qui formaient un U ouvert sur quelques marches menant à une autre table richement décorée, celle de l'empereur. Conformément au protocole, une certaine distance séparait les convives et le souverain. Personne ne pouvait l'approcher, même en y étant convié, à moins de cinq mètres. Seul son entourage immédiat pouvait dépasser ces limites : l'épouse royale, ses nombreuses concubines, ses domestiques personnels, son médecin, l'intendant en chef et l'intendant de bouche, sans oublier son goûteur et, bien entendu, sa garde personnelle.

L'intendant de salle désigna à Phoenix une place au début d'une rangée, la plus proche de l'empereur, bien que la distance dût être d'au moins sept mètres. Du regard, il indiqua à Phoenix qu'il s'agissait d'un privilège. L'enquêteur s'y plaça, mais demeura debout, attendant que les autres convives entrent.

Une fois que tout le monde fut installé debout à sa place, l'empereur pénétra dans la pièce. Toutes les personnes présentes dans la salle se prosternèrent devant lui. Accroupi, face au sol, Phoenix se demanda combien de temps il devait demeurer ainsi, lorsqu'il entendit l'intendant prier les invités de se relever. L'empereur ne s'adressait jamais directement à ses loyaux sujets pour de tels détails. En tant que Fils du Ciel, il ne pouvait s'abaisser à ces formalités domestiques. L'intendant, toujours aux aguets, interprétait les moindres signaux muets de son maître, qu'il transmettait au reste de l'assemblée.

Aussitôt le banquet débuta. L'enquêteur, assis dans la position officielle *ji*, ouvrait de grands yeux sur les plats qu'on lui présentait, se régalant d'avance de la carpe marinée servie sur un lit d'algues frites, du cochon de lait cuit à la vapeur, des boulettes de pâte aux vingt-quatre parfums de fleurs, du canard laqué farci aux châtaignes, des huîtres, de l'aileron de requin relevé à la lime, des cailles farcies, du cygne grillé aux amandes, du riz au gingembre, des cuisses de grenouille grillées à la citronnelle, du chien rôti à la broche – Phoenix grimaça avec circonspection –, des desserts glacés* et des gâteaux aux amandes, des fruits comme les litchis, les mandarines, le melon, les poires et les raisins, tous parfaitement mûrs.

Telle une offrande, un serviteur déposa devant lui un bol qui devait de toute évidence contenir un mets rare, à voir l'attention qu'on lui accordait. L'intendant, qui annonçait les plats à voix haute, attendit que tout le monde soit servi avant de lancer sur un ton révérencieux : « Le nid d'hirondelle. »

Un murmure d'approbation s'éleva de l'assemblée, et chacun se mit à déguster bruyamment ce qui ressemblait à une compote visqueuse sans grand intérêt. Phoenix, toujours aussi curieux, s'apprêtait à y goûter lorsque l'empereur s'adressa à lui d'une voix grave et traînante :

— Nous sommes heureux de vous compter parmi nous, *xiàoguan* Phoenix. Cependant, nous ne vous attendions pas avant plusieurs semaines. Votre Honoré Père nous fait un grand honneur en vous envoyant auprès de nous avec tant d'avance, car nous comprenons fort bien la peine qu'il a dû ressentir à vous voir le quitter.

Phoenix se tenait prostré, le corps à demi penché, le regard fixant le sol, dans une position de soumission, en signe de respect.

— Votre sujet prosterné, encourant la mort, ose dire à son Empereur que c'est un grand honneur pour notre famille que Votre Auguste Majesté m'accueille au sein de sa grande armée, et mon Honorable Père pleure aussi bien mon départ que la joie et la fierté de me savoir ici prêt à devenir votre plus humble serviteur.

L'empereur fit signe à Phoenix de se relever, le gratifiant dans un même mouvement d'un signe approbatif de la tête. La conversation était terminée. L'enquêteur comprit que l'empereur était satisfait de son attitude et de sa réponse. Les présentations étaient faites : en l'interpellant ainsi devant tous, l'empereur signifiait à l'ensemble de sa cour son intérêt marqué pour le nouvel arrivant. C'est ainsi que se termina la première rencontre de Phoenix avec l'empereur Qin Shi Huangdi. Il perçut alors toutes les difficultés qu'il aurait à surmonter pour mener à bien son enquête. Il devrait trouver une solution, car l'étiquette qui lui interdisait d'approcher le monarque était un sérieux obstacle à sa mission. Songeur, l'enquêteur explorait mentalement les possibilités qui lui restaient. Mais le brouhaha ambiant et les odeurs alléchantes eurent tôt fait de le ramener à la réalité.

La suite du repas se poursuivit avec entrain et ravissement. Au son de la flûte de Pan, des luths et du pipeau, les danseuses effectuaient des chorégraphies élaborées fondées sur les arts martiaux. Mais la danse de l'épée était l'un des clous du spectacle : Phoenix vit, à quelques centimètres de lui, une jeune fille âgée d'une dizaine d'années à peine exécuter des mouvements compliqués tout en maniant une longue épée extrêmement acérée. Phoenix était admiratif.

Il avait connu bien des lieux extraordinaires et des personnages fascinants depuis qu'il était enquêteur, mais cette soirée lui offrait un éblouissement particulier. Un souvenir, il le savait, qui resterait bien ancré en lui.

* * *

Ce ne fut que tard dans la nuit, alors qu'il se trouvait seul dans sa chambre, que Phoenix put enfin contacter Politeia. Ils conversèrent à voix basse, presque en murmurant, car il fallait à tout prix éviter de réveiller le domestique qui dormait à deux pas, prêt à répondre aux moindres désirs de son *fù*.

— Entrée en fonction, Politeia, chuchota Phoenix.

L'informatrice se matérialisa devant lui dans une faible lueur verdâtre. Sa ressemblance avec Faustine laissa les yeux de l'enquêteur rêveurs.

— Bonsoir, Phoenix.

Ses circuits captaient en tout temps les conditions dans lesquelles l'enquêteur se trouvait. Ainsi, l'hologramme n'apparaissait jamais dans des moments inopportuns.

— Bonsoir, Politeia. Je serai bref. Tu dois me dénicher le nom d'un dévoué autorisé à approcher l'empereur en tout temps, car même à titre d'officier supérieur je ne peux accéder à sa personne quand je le veux. À moins que l'empereur lui-même ne m'invite à la transgresser, l'étiquette exige que je demeure à distance. Je dois pouvoir obtenir les informations que je cherche à travers quelqu'un d'autre dans le palais, quelqu'un qui lui est proche. Dès que tu auras l'information, envoie-la-moi par téléscripteur sur mon médaillon, car les occasions d'être seul sont plutôt limitées. Vois ! Mon domestique dort sur le seuil de ma porte. Je communiquerai avec toi pour te faire un rapport dès que je le pourrai.

— Bien ! Je fais ma recherche et je t'envoie ça. Autre chose ?

— Oui ! Trouve-moi la composition d'un plat des plus étranges : le nid d'hirondelle ! conclut-il en souriant. Arrêt de fonction.

* * *

Le chant mélodieux d'un rossignol réveilla Phoenix à une heure fort matinale. Par les claires-voies des fenêtres de sa chambre, il apercevait un saule majestueux, flanqué d'un décor très particulier : un alignement de toits se différenciant les uns des autres par de complexes dessins. Le rossignol poursuivait son récital. Quelque peu ankylosé d'avoir dormi sur une planche de bois, l'enquêteur se redressa péniblement et reprit peu à peu ses esprits. Un mouvement attira son attention : son aide de camp poussait le paravent qui servait de porte pour lui souhaiter un bon réveil. Aussitôt, Phoenix se vit présenter un long manteau d'intérieur en soie très colorée, ressemblant à un kimono japonais. Il laissa à son serviteur le soin de nouer sa ceinture. Le *fùguan* se déplaça sur le côté et, avec soumission, lui montra de la main un plateau sur lequel un petit déjeuner l'attendait.

« J'adore me faire réveiller ainsi », songea l'enquêteur, un demi-sourire accroché aux lèvres.

Pendant que Phoenix mangeait avec appétit un bol de riz et des fruits frais déjà pelés et coupés en morceaux, le domestique lui versa du thé. Un thé noir, plutôt corsé. L'enquêteur, bien qu'amateur de thé, eut une pensée pour sa machine à espresso.

— Quel est ton nom ? s'enquit-il auprès de l'homme qui faisait de son mieux pour passer inaperçu.

L'aide de camp le dévisagea une seconde, visiblement étonné. Depuis qu'il avait été fait prisonnier, on ne lui avait jamais posé la question. Une certaine reconnaissance envers ce nouveau maître, visiblement très généreux, traversa son regard.

— Mon nom est Yu Hi, *kejing** Phoenix.

— Bien, Yu Hi. Je sais que, selon l'usage, je ne dois pas t'appeler par ton prénom, uniquement par ta fonction, mais chez moi, d'où je viens, ça ne fonctionne pas ainsi. Donc, je te propose de t'appeler par ton nom, ici, dans le logis, et par ta fonction, dehors. Ainsi, nous éviterons les problèmes. Qu'en penses-tu ?

Le domestique continuait de le dévisager, totalement ahuri. Se courbant profondément, il plongea à terre pour attraper les pieds de son maître et les baiser.

40

— Merci, *kejing* Phoenix, merci ! Depuis que je suis ici, personne ne m'a adressé la parole, si ce n'est pour me commander. On m'a encore moins demandé mon prénom, je ne suis qu'un esclave... Vous êtes un saint homme, et je vous serai éternellement reconnaissant de poser vos nobles yeux sur ma pauvre personne.

— Relève-toi, Yu Hi, lança Phoenix, mal à l'aise, tout en lui saisissant les épaules, et prépare mes vêtements, j'ai une inspection à faire.

Puis Phoenix poussa légèrement le pauvre serviteur vers la chambre pour couper court à toute démonstration de reconnaissance.

Tandis que, dans l'autre pièce, le valet préparait joyeusement les vêtements de Phoenix en chantonnant un air de guerre, celui-ci ressentit une légère vibration à la poitrine. C'était probablement Politeia qui lui faisait part de ses découvertes. Après avoir jeté un coup d'œil vers l'ouverture de la chambre pour s'assurer qu'il ne serait pas dérangé, l'enquêteur sortit son médaillon de sous son vêtement d'intérieur pour l'interroger. Une courte phrase apparut devant ses yeux sous la forme d'un hologramme, juste le temps qu'il en prenne connaissance, avant de disparaître : *Keng-Li, médecin personnel de l'empereur.*

CHAPITRE 4

— **N**otre *kejing tianzi** Qin Shi Huangdi souhaite vous voir à sa table, ce soir.

La femme, debout devant la porte d'entrée de l'enquêteur, se tenait légèrement penchée en avant, les mains cachées dans les manches amples de son manteau et croisées sur sa poitrine. Elle parlait avec douceur et soumission, comme il se devait pour les femmes de sa culture et de son rang. Vêtue richement, d'un long manteau de soie brodée de fleurs, dont la traîne couvrait les trois marches menant au logis de Phoenix, elle releva légèrement la tête pour lui offrir un timide sourire. Elle était magnifique avec son teint de porcelaine, ses lèvres redessinées de rouge et ses sourcils en accent circonflexe et tracés de noir, comme le voulait la mode de l'époque. Ses longs cheveux couleur jais étaient remontés en chignon sur le dessus de sa tête et parés de barrettes d'or et d'une baguette en jade. Phoenix ne savait comment agir. Il comprenait qu'il ne devait pas l'inviter à entrer chez lui, car c'était contre l'usage, mais il se demanda s'il devait faire autre chose. Il la salua galamment avant de lui répondre sans la fixer dans les yeux, ce qui était également inconvenant.

— Je serai enchanté de dîner avec notre empereur Qin.

Sans rien ajouter, elle lui tendit le pli officiel contenant l'invitation, le salua de nouveau, puis tourna les talons et s'éloigna à petits pas vers un char, petit et étroit, surmonté d'un parasol destiné à protéger son visage du soleil, où un esclave l'aida à monter.

Phoenix la regarda s'éloigner, ébloui par sa beauté et par la grâce qu'elle dégageait. Elle devait assurément faire partie de la cour de l'empereur. L'enquêteur se demanda un instant pourquoi Qin Shi Huangdi lui avait envoyé une femme en guise de messager. Cette pratique n'était pas très courante. Il rentra chez lui tout en se questionnant sur le sujet. Sans avoir besoin de chercher son *fùguan* du regard, conscient de sa présence proche, il lança d'une voix claire :

— Yu Hi, je dîne avec l'empereur ce soir, il me faut donc des vêtements appropriés.

— Je m'en occupe, *fù*.

* * *

— *Kejing xiàoguan* Phoenix, Huangdi vous attend.

Phoenix se déchaussa avant d'entrer dans le salon privé de l'empereur. Il y remarqua une large table basse en acajou bordée de profonds coussins colorés et d'un accoudoir, et plus loin, sur une estrade surélevée par trois marches, la table personnelle de l'empereur. Bien qu'il mangeât en privé avec l'empereur, ils ne partageaient pas la même table, puisque personne ne pouvait s'asseoir à la table du Fils du Ciel. Une certaine distance, selon la fonction de l'invité et le désir du Fils du Ciel, devait en tout temps être respectée. Phoenix se fit le commentaire que cela devait être bien triste de toujours manger seul, à distance des autres.

Comme si on était puni ou, pis encore, un pestiféré.

« Mais être roi, conclut l'enquêteur, signifie être seul. Je ne voudrais pas être monarque, pour rien au monde ! »

Phoenix était très conscient que ce repas était un grand privilège dont bien peu de gens bénéficiaient. Encore une fois, il devait faire l'objet de rumeurs et de jalousie. À ce constat, un rictus apparut sur son visage. Il demeurait debout à côté de sa table, les mains enfouies dans ses manches, cachées, attendant que l'empereur fasse son entrée, ce qui ne tarda pas.

L'empereur pénétra dans la pièce entouré d'une bonne dizaine de serviteurs, de l'intendant de bouche K'o et de l'intendant en chef Han Kiu-Yi, que Phoenix avait tous deux rencontrés. Toute cette procession l'aurait fait rire s'il s'était trouvé seul, et il se demanda comment tout ce beau monde définissait un repas en privé ! Une douzaine de personnes, cela lui semblait un nombre bien élevé pour un repas en privé ! Mais de simples domestiques n'étaient pas des convives ! Phoenix détailla l'empereur du mieux qu'il le put, puisqu'il devait garder la tête baissée jusqu'à nouvel ordre. Le roi était grand et assez costaud, mais le plus frappant chez lui était son regard, à la fois froid et distant. Il devait être difficile de deviner ses pensées et d'anticiper ses désirs. Selon ce qu'avait lu l'enquêteur, Qin Shi Huangdi était un homme ferme et très sévère, et tous le craignaient.

« Évidemment, on ne devient pas empereur de Chine en étant sympa avec tout le monde ! Fermeté et intransigeance doivent être les principales qualités pour régner », se surprit-il à penser.

Pendant de longues minutes, les domestiques firent leur travail et le goûteur s'intéressa de plus près aux mets, puis Qin Shi Huangdi les congédia tous d'un simple geste, ce qui laissa Phoenix songeur. Il était toujours étonné de constater le pouvoir que recelait un modeste mouvement de la main lorsqu'il était exécuté par les plus puissants.

«La domination, lorsqu'on peut l'observer sans en être victime, a quelque chose de fascinant», pensa l'enquêteur.

Se retrouvant enfin en tête-à-tête avec son invité, d'un geste équivoque, un autre geste empreint d'une force incontestable, l'empereur convia Phoenix à s'asseoir.

— Enfin seuls! Je suis heureux de dîner avec vous, *xiàoguan* Phoenix.

L'enquêteur resta un instant surpris de cette soudaine désinvolture. Seul, l'empereur pouvait enfin être lui-même. Phoenix pencha la tête avant de déclarer :

— Tout l'honneur est pour moi, *wansul**.

— Trêve de mignardises entre nous, nous sommes seuls, et je déteste qu'on me flatte. Je suis déjà entouré d'hypocrites, j'espère trouver chez vous de la franchise, tant dans vos attitudes que dans vos commentaires. Votre vénérable père a toujours été franc avec moi, j'espère que vous lui ferez honneur. La pomme ne tombe jamais bien loin de l'arbre, mais nous pouvons également rajouter que certaines sont gâtées avant de toucher terre!

Phoenix acquiesça de la tête pour signifier qu'il avait bien compris le message.

— On me dit que vous êtes un homme honnête, et je sais par mes espions que vous êtes bon et juste. Je n'en attends pas moins de vous, *xiàoguan* Phoenix. Vous pouvez parler franchement devant moi, mais attention, je n'hésiterai pas à vous tuer de mes propres mains si vous dépassez certaines limites, conclut l'empereur, avec un sourire froid et menaçant.

Quelque peu inquiet, Phoenix se demanda un instant jusqu'où allaient ces limites. De toute évidence, l'empereur le mettait en garde : il exigeait sa fidélité, sinon…

— J'ai le plus grand respect pour votre père, qui m'a sauvé la vie, et je reporte cette considération sur vous, reprit le monarque. Je tolère plus facilement les gens directs que les hypocrites, pour qui j'ai une véritable antipathie.

Phoenix baissa de nouveau la tête par gratitude et en signe d'approbation aux paroles de l'empereur. Maintenant que les sphères de discussion étaient établies, ils se mirent à discuter plus librement. Ils parlèrent ainsi pendant de longues heures de divers sujets, principalement de politique, mais jamais l'empereur ne fit allusion à son mausolée ni à sa construction, les mystères que Phoenix avait pour mission d'élucider. L'enquêteur savait qu'il ne pouvait interroger l'empereur directement, que ce soit sur ce sujet ou sur un autre. Car on ne questionne pas un roi, on ne fait que répondre à ses questions. La liberté de discussion n'était pas forcément à double sens !

Phoenix comprit également que l'empereur l'avait fait venir pour l'évaluer, pour mieux le connaître. Malgré les rapports de ses espions, le monarque ne semblait se fier qu'à lui-même et à son propre jugement. Phoenix sentait bien que l'homme soupesait sa valeur.

Tard dans la soirée, alors que Phoenix venait de quitter le salon privé de l'empereur pour gagner la sortie, il constata que toute la cour l'y attendait pour le dévisager. Sur les visages, il pouvait lire l'envie et la convoitise. Il comprit qu'il s'était fait plusieurs ennemis à cause de ce repas. À l'évidence, on enviait son sort et son amitié nouvelle avec l'empereur. Rares étaient ceux qui pouvaient se vanter d'avoir pris un repas en tête-à-tête avec le monarque. Seule l'épouse royale avait ce privilège ; même les concubines de l'empereur en bénéficiaient rarement.

Le détective se dirigea vers l'entrée d'un pas régulier, les épaules droites mais alourdies par les regards envieux qui se posaient sur lui. S'il s'était écouté, il serait sorti de la salle en courant pour leur échapper, mais il savait qu'il devait se montrer imperméable à ce genre d'intimidation.

Avant de franchir la porte, Phoenix se retourna vers l'assemblée qui continuait de le fixer dans un silence impressionnant. Il se demanda un instant si l'un de ceux qui l'observaient chercherait éventuellement à lui nuire, car ce qu'il lisait dans leurs yeux n'avait rien de très amical. Il comprenait les enjeux qui se jouaient ici. Le simple fait que Qin Shi Huangdi l'ait convié à ce repas en tête-à-tête déclencherait des conflits internes parmi les sujets de l'empereur. Continuellement, les uns et les autres se livraient une lutte de pouvoir et d'influence. Phoenix comprenait qu'il n'était qu'un pion comme les autres. Sa présence dans l'entourage de Qin suscitait des alliances et soulevait des jalousies, alimentées par le comportement royal. En le faisant passer pour un « ami », le monarque, avec qui il avait dîné en toute intimité, déplaçait stratégiquement ses pions sur son échiquier. Le jeu de la manipulation se traduisait de manière subtile, mais très efficace.

* * *

— Yu Hi, connais-tu un certain Keng-Li ? demanda Phoenix à son serviteur quand il fut de retour dans ses appartements.

— Oui, bien sûr, *kejing*, c'est le médecin personnel de notre Honorable Empereur.

— Je ne l'ai pas encore rencontré… lança Phoenix, en espérant que son domestique allait lui en dire plus sur le personnage.

— Je suis étonné que vous ne l'ayez pas croisé au palais, car il est constamment avec l'empereur. Il sort régulièrement pour se promener et aller au marché, où il achète lui-même ses poudres et ses herbes. C'est un homme respectable et d'un certain âge. Il est très aimé des gens du peuple, car il n'hésite pas à les soigner même s'il est le médecin du roi. C'est un être humble et honorable. Il n'est plus attiré par le faste de la cour, et l'empereur n'insiste pas pour qu'il soit présent. Le maître Keng-Li s'occupe de notre empereur et le soigne depuis que celui-ci est enfant, c'est pourquoi le Fils du Ciel tolère ses excentricités.

— Tu me sembles bien renseigné, s'amusa l'enquêteur, pendant que Yu Hi nouait sa ceinture.

— Ce sont toujours les domestiques les mieux informés de ce qui se déroule dans les couloirs. Personne ne les voit. Nous sommes invisibles aux yeux de ceux qui nous emploient. Ils ne connaissent même pas nos noms, encore moins notre histoire. Nous ne sommes que des *binù** sans aucune valeur. Nous ne valons même pas le plat de riz que nous mangeons chaque jour !

Les yeux du domestique se brouillèrent. Mal à l'aise, Phoenix posa sa main sur l'épaule efflanquée de Yu Hi, et celui-ci tourna vers lui des yeux reconnaissants.

— Je n'ai pas le temps d'écouter ton histoire maintenant, Yu Hi, mais j'espère que tu accepteras de me la raconter plus tard.

Yu Hi salua respectueusement son maître, le premier à le considérer comme un être humain, et, pour la première fois depuis longtemps, il sentit remonter en lui un peu d'amour-propre.

CHAPITRE 5

Phoenix se promenait au hasard des rues, cherchant le médecin privé de l'empereur que Yu Hi lui avait décrit avec tant de détails. Son domestique l'avait informé que Keng-Li se rendait tous les mercredis au marché pour faire quelques courses et recueillir auprès des herboristes itinérants les plantes et les recettes nécessaires pour contrer tous les maux. C'était apparemment un très grand savant, un maître dans son domaine. Les plantes, les décoctions et les maladies ne semblaient plus avoir de secret pour lui. Il soignait tout. « C'est un vrai magicien ! » avait conclu le *fùguan*.

Pendant le trajet, Phoenix réfléchit à ce qu'il avait lu sur l'empereur et sur son désir obsessionnel d'immortalité. Lors de leur rencontre privée, il se le rappelait également, le monarque lui avait demandé s'il avait peur de la mort. Cette question, simple en apparence, s'accrocha un instant à ses pensées. Il la laissa en suspens dans son esprit, comme un détail dont on ignore encore l'importance, mais qu'on ne peut rejeter d'emblée. Selon les lectures de l'enquêteur, le souverain envoyait ses meilleurs hommes aux quatre coins de l'empire à la recherche des trois îles légendaires des mers orientales où, disait-on, on pouvait vivre éternellement. Dans un même temps, il réunissait les meilleurs apothicaires, herboristes et savants pour mettre au point l'élixir de la vie éternelle. Phoenix connaissait bien évidemment la fin de l'histoire. Bientôt, son médecin lui proposerait un traitement fort particulier : gober tous les jours du mercure sous forme de comprimés. Les Chinois eurent beau croire profondément aux vertus du mercure, l'empereur n'y survivrait pas. «De toute évidence, songea Phoenix, le monarque a peur de mourir. Mais qu'est-ce qui le terrifie tant dans cette fin pourtant inéluctable?»

Sans y prendre garde, l'enquêteur déboucha sur une immense place, communément appelée la place du Marché. Phoenix ne put s'empêcher de sourire en constatant l'ambiance qui y régnait. Un brouhaha perpétuel émanait de la foule, on entendait le bruit des voix confuses et tumultueuses qui s'interpellaient de tous côtés. Les étals regorgeaient de poissons encore frais et gigotants, d'épices parfumées, de fleurs et de fruits odorants et multicolores qui égayaient les kiosques. Toutes les professions semblaient s'être donné rendez-vous. Des marchands de poterie, de vaisselle et de vannerie côtoyaient les manufacturiers de soie, de satin, de porcelaine, de miroirs, d'armes et d'éventails. On entendait la clameur incessante des marchandages.

Phoenix observait les femmes : elles portaient des tenues magnifiques et détournaient les yeux avec réserve. Une jeune fille au regard doux comme du miel s'approcha de lui pour lui offrir une figurine de terre cuite représentant une cigale, un porte-bonheur symbolique. Phoenix lui sourit, détacha la cordelette qu'il portait autour du cou et sur laquelle étaient enfilées des pièces de monnaie en cuivre percées d'un trou central. C'est ainsi que les Chinois transportaient leur argent : les piécettes enfilées sur un lacet. Phoenix lança une pièce en l'air, sous le regard amusé de la gamine, qui sauta tel un chat pour s'en emparer. Elle regarda un instant sa figurine, en se demandant si elle n'allait pas la lancer elle aussi, mais elle se ravisa à cause de la fragilité de l'objet. Avec un sourire, elle tendit la cigale à Phoenix, avant de disparaître rapidement dans un éclat de rire.

L'enquêteur était un peu étourdi par les mouvements de la foule. Après avoir jeté un regard à la ronde, il décida de s'adosser à un mur afin d'observer les allées et venues des acheteurs et des promeneurs. Il ne lui serait pas facile de reconnaître le médecin, mais, sûr de lui, il s'en remit à sa chance.

Habituellement, il se produisait toujours quelque chose lorsque Phoenix se trouvait dans de telles situations, et cette fois-ci ne fit pas exception. Devant lui, déboucha d'une ruelle un homme d'un certain âge. Il avait une barbe blanche, longue et mince, entrelacée de cordons de cuir, et portait un petit chapeau rond et une longue robe couleur anthracite. Son attitude était celle d'un homme de savoir, ses yeux exprimaient l'intelligence de l'âme et de l'esprit. Il avait la contenance d'un juste, d'un philosophe. Phoenix l'observait, persuadé qu'il s'agissait bien de celui qu'il cherchait, maître Keng-Li, le médecin personnel de l'empereur.

Le visage parcheminé du vieillard semblait avenant. Il souriait sans arrêt, parlait à tout le monde, et tous le saluaient avec respect. Il s'arrêta devant une femme, plutôt jeune, qui venait de l'accoster. Dans un panier plat, elle portait de longues tiges vertes fraîchement cueillies se terminant par des boutons floraux à peine éclos. Phoenix ne connaissait pas cette variété, mais l'homme paraissait content d'en voir. Phoenix s'approcha discrètement d'eux pour tenter de saisir leur conversation, espérant ainsi découvrir l'identité du vieil homme.

— Maître Keng-Li, je vous ai apporté des branches de jasmin. Ce sont les dernières fleurs de la saison. Je les ai cueillies pour vous les offrir. Je sais que vous les aimez…

— Merci, merci beaucoup, Xindi, tu es toujours si gentille avec moi…

— Non, maître Keng-Li, c'est moi qui vous suis reconnaissante. Après tout ce que vous avez fait pour ma famille… pour mon père, c'est bien peu de chose que de vous offrir ce modeste bouquet. Dès que notre camélia sera en fleurs, je vous en apporterai des branches. Je vous souhaite une agréable journée, maître.

La jeune femme salua respectueusement le vieil homme en baissant la tête, avant de s'éloigner. Celui-ci prit une des fleurs du panier pour la humer. Son visage s'illumina. Phoenix s'approcha de lui, le sourire aux lèvres, et le salua à son tour avec respect.

— Maître Keng-Li?

Le vieillard leva les yeux vers lui, son regard toujours aussi avenant, mais teinté de curiosité.

— C'est bien moi. Qui le demande?

— Honorable Maître, je me nomme Phoenix, *xiàoguan* à la cour de notre vénérable empereur…

— Ah oui, j'ai entendu parler de vous. Vous êtes bien comme on vous décrit, un géant à la peau camélia et aux yeux couleur ciel d'hiver. Votre physique ne passe pas inaperçu depuis votre arrivée, et vous faites l'objet de bien des discussions. Vous savez, ajouta-t-il en riant, l'air espiègle, surtout chez la gent féminine… Très peu de gens ici ont voyagé, reprit-il d'un air un peu plus sérieux, et bien peu ont vu des étrangers. Je suis enchanté de vous rencontrer.

— Moi de même, maître… Puis-je me joindre à vous? Si vous me le permettez, je porterai vos paquets…

— J'allais vous le proposer… dit maître Keng-Li en riant, de porter mes paquets, bien sûr !

Phoenix éclata de rire. Ce vieillard était on ne peut plus charmant, et l'enquêteur sentit qu'une connivence venait de s'établir entre eux. Une certaine bonhomie émanait du médecin, ce que Phoenix appréciait. Approcher l'empereur serait peut-être plus facile qu'il ne le pensait.

Au moment où il passait son bras sous celui du vieux médecin, Phoenix eut la désagréable impression d'être observé. Du regard, il fit le tour de la place, mais il était impossible d'évaluer les lieux en raison du grand nombre de promeneurs qui allaient et venaient de tous côtés. Pourtant, quelqu'un l'épiait, le jeune homme en était persuadé, car son instinct ne le trompait jamais sur ce point, et ce n'était pas la première fois depuis son arrivée qu'il avait cette sensation. À l'idée d'être ainsi observé, et peut-être en permanence, le voyageur du Temps resta songeur pendant un bref instant, le temps que le médecin le rappelle à lui par ses questions.

L'enquêteur venait de quitter le médecin de l'empereur, après l'avoir raccompagné chez lui. Phoenix était satisfait de cette première rencontre qui s'était révélée fort agréable. Le vieil homme s'était montré très intéressé par lui, et l'apothicaire lui était extrêmement sympathique. Un demi-sourire égaya son visage, jusqu'à ce qu'un nouvel élément s'impose à ses pensées : cette impression dérangeante, ce sentiment d'être surveillé. Phoenix ralentit le pas le temps de retrouver la sensation qu'il avait éprouvée au marché et durant le trajet qui les avait menés à la demeure du vieil homme.

« Si je suis suivi, je dois découvrir par qui, et pour cela, il me faut l'aide de Politeia. Je dois trouver le moyen de communiquer avec elle, mais comment faire ? songeait Phoenix. Je ne suis jamais seul ! Qui peut bien me suivre et pourquoi ? Se méfie-t-on de moi ? Je suis certain qu'on épie mes gestes, je le sens… Et sans l'aide de Politeia, il sera difficile de le découvrir. Je dois trouver un lieu où je pourrai être seul… Même mon logement n'est pas sûr. Je dois rester extrêmement prudent. »

Phoenix était assis en tailleur dans sa chambre, sur la natte qui lui servait de couche. C'était le seul lieu où il pouvait réfléchir en paix, mais il ne pouvait pas ordonner à son informatrice d'entrer en fonction, puisque Yu Hi, son domestique, se trouvait de l'autre côté du mince paravent de soie qui séparait les deux pièces. Cette promiscuité irritait considérablement l'enquêteur, qui se sentait entravé dans ses mouvements. Même la nuit, il n'osait interroger son ordinateur de peur de réveiller le domestique. Il devait trouver le moyen d'entrer en communication avec l'ordinateur central.

Une occasion se présenta à lui, le lendemain matin, lorsque Yu Hi, la tête baissée, soumis, lui dit, après lui avoir apporté le petit déjeuner :

— J'ai une requête à vous présenter, *kejing fù*.

— Je t'écoute, Yu Hi.

— J'ose implorer votre générosité et vous demander de m'accorder l'autorisation de me rendre au temple afin de prier mes ancêtres. Je ne leur ai pas rendu de culte depuis plusieurs lunes et je manque à mes devoirs envers eux.

Le domestique, accroupi face contre terre, avait joint les mains au-dessus de la tête en signe de supplication. Phoenix était toujours aussi surpris et navré de découvrir une telle soumission, pourtant fréquente chez les domestiques, esclaves et prisonniers qu'il avait observés. Jamais le simple mot *liberté* ne lui avait semblé avoir autant de sens que lorsqu'il se trouvait confronté à ce genre de situation. Phoenix avait envie de se jeter aux pieds de Yu Hi, de le prendre dans ses bras pour le rassurer et de lui dire qu'il était libre de faire ce que bon lui semblait, mais il n'en avait pas la latitude. Il devait se fondre dans les époques qu'il visitait, sans en changer le cours ni les mœurs. Les révoltes viendraient bien assez tôt, puisqu'à la mort de l'empereur, comme Phoenix l'avait lu, le peuple, les prisonniers et l'armée, trop longtemps soumis, se soulèveraient pour se libérer enfin de la domination écrasante qu'ils avaient subie. Les dirigeants suivants ne seraient pas meilleurs, mais cette révolte réduirait les tensions pendant un certain temps.

— Oui, tu peux profiter de ta matinée pour honorer tes ancêtres, c'est ton devoir. Je n'y vois pas d'objection.

«Bien au contraire, songea Phoenix. Prends ton temps, je vais ainsi pouvoir communiquer avec Politeia.»

Yu Hi releva la tête, les yeux reconnaissants. Visiblement, il bénéficiait ici de privilèges qu'il avait perdus depuis longtemps. Phoenix lui répondit par un sourire, sans toutefois faire preuve d'une sympathie trop marquée.

— Depuis quand es-tu ici?

D'un geste significatif, l'enquêteur désigna les vêtements du domestique et les lieux. Yu Hi se redressa, les épaules en arrière, retrouvant le temps d'une explication toute sa dignité de guerrier.

— Je suis un *xiàoguan xiongnu*, mon contingent a été décimé ou fait prisonnier il y a trois ans de cela, durant la première attaque. Quelques-uns de mes hommes servent aujourd'hui d'esclaves à des officiers de Qin Shi Huangdi...

Ils auraient dû me tuer comme le reste de mon régiment, ajouta-t-il, le regard troublé, avec une rage contenue. Être retenu prisonnier est un outrage bien pire que de se faire couper la tête, même par un simple *zu*.

Phoenix saisissait toute l'amertume de l'homme et comprenait à quel point le fait d'être toujours en vie constituait pour lui une honte quotidienne qu'il devait traîner comme un fardeau. Le déshonneur faisait partie des humiliations de guerre des peuples anciens. Honte qui ne pouvait être lavée que dans la mort. Et cette mort devait venir par la main de quelqu'un d'autre, car se suicider aurait été plus déshonorant encore. « Yu Hi a été un homme d'honneur », songea Phoenix. Et qui plus est, un officier supérieur, comme il l'était lui-même dans cette mission. Le détective du Temps imaginait fort bien toute la rage que pouvait ressentir ce guerrier ainsi réduit à l'esclavage.

Phoenix se leva pour faire face au guerrier déchu qui le dévisageait. Pendant un instant, ils s'observèrent, puis Phoenix posa sa main droite sur l'épaule du pauvre homme et déclara :

— Je suis désolé, Yu Hi, et je comprends ton humiliation. J'ai devant moi un grand guerrier que je respecte. Tant que tu seras à mon service, tu ne seras pas traité en esclave. C'est tout ce que je peux faire pour toi.

Puis il se dirigea vers la pièce qui lui servait de chambre, laissant à Yu Hi ses souvenirs ainsi que le peu de dignité qui lui restait.

Phoenix devina sans les voir les larmes que versait le domestique. Après quelques minutes, il entendit la porte se refermer sur Yu Hi qui se rendait au temple. À son tour, Phoenix laissa échapper un très long soupir. Pendant un bref instant, il aurait souhaité aider Yu Hi, mais cela lui était interdit : il devait laisser l'Histoire suivre son cours sans intervenir. Cette nécessité était parfois difficile à accepter et à respecter. Lorsqu'il fut certain que Yu Hi ne reviendrait pas, il prononça à voix basse :

— Entrée en fonction, Politeia.

Aussitôt, l'informatrice apparut devant lui, toujours aussi charmante. Phoenix n'avait-il pas choisi de la doter des traits de sa voisine Faustine ?

— Bonjour, Phoenix, lança-t-elle sur un ton clair, aux accents légèrement synthétisés. Que puis-je pour toi ?

— Bonjour, Politeia. Je n'ai pas beaucoup de temps, mais je dois auparavant te dire que mon enquête n'a pas beaucoup progressé. Il est presque impossible d'approcher l'empereur. Mon titre ne m'autorise pas à avoir accès à sa personne. Seuls sa garde rapprochée et le personnel de sa maisonnée ont ce privilège. De plus, une distance protocolaire doit être respectée. Je vais tenter autre chose. Je vais essayer de progresser par le biais d'une autre personne, son médecin personnel. Je dois maintenant te parler d'un sujet qui me préoccupe : depuis mon arrivée, j'ai la sensation d'être suivi, espionné. Je veux que tu restes en mode de veille quelque temps, jusqu'à ce soir, et que tu me fasses un rapport ensuite. Je tenterai de trouver un moment pour être seul.

— Bien, je m'en occupe. As-tu autre chose à me dire ?

— Non, c'est tout.

L'hologramme s'effaça aussitôt, mais l'ordinateur demeura actif. Politeia allait ainsi pouvoir enregistrer les allées et venues de Phoenix, ainsi que les mouvements autour de sa personne. S'il était suivi comme il le pensait, l'informatrice détecterait rapidement cette filature qu'il jugeait omniprésente et rapprochée.

— Politeia !

Phoenix était adossé au mur de la salle d'eau et parlait à voix basse. Il était seul, mais n'avait que quelques minutes devant lui avant que Yu Hi ne revienne. Pour parvenir à se débarrasser de son domestique, il l'avait envoyé lui chercher quelque chose à manger. Quelle meilleure raison invoquer lorsqu'on est aussi gourmand ? Le domestique ne semblait plus s'étonner des goûters tardifs de son maître.

— J'ai analysé ton environnement pendant tes déplacements et je n'ai découvert aucune filature, mais cela ne veut pas dire que tu n'es pas espionné. Il est très probable que tu ne l'étais pas cet après-midi, mais c'est sans doute fortuit.

— Tu veux dire que le hasard aurait joué en faveur de mon espion et que, cet après-midi, il était absent au moment où, toi, tu tentais de découvrir qui il était ?

— Exactement.

— Que faire, alors ? Tu ne peux rester en veille constamment !

— Dans un premier temps, je peux placer des observateurs dans ton appartement et un mouchard sur toi. Le problème, avec un mouchard, c'est qu'il ne peut détecter ton espion que s'il est assez proche de toi, et pendant un temps suffisamment· long : sa présence doit être prolongée et non occasionnelle. L'observateur, quant à lui, détectera et identifiera toutes les personnes qui entrent chez toi en ton absence.

— OK pour les observateurs, mais pour le mouchard, je doute que ça fonctionne. Si quelqu'un me suit, il le fait discrètement, et je doute qu'il soit assez stupide pour me coller de trop près.

Phoenix entendit soudain un bruit dans l'entrée.

— Arrêt de la fonction !

Il sortit aussitôt de la salle d'eau et déboula dans la pièce d'où provenait le bruit. Yu Hi le regardait, les yeux écarquillés, surpris de voir son maître faire ainsi irruption devant lui.

— Je suis désolé, maître, de vous avoir fait peur, dit-il en baissant la tête.

— Ah, Yu Hi ! Je suis désolé de t'avoir effrayé.

Le domestique déposa un plateau contenant quelques mets sur la table basse.

— Voilà ce que vous m'avez demandé, *kejing* Phoenix.

Phoenix prit place, puis de la main désigna à son serviteur le coussin qui lui faisait face.

— Assieds-toi, Yu Hi, et goûte à ces délices avec moi. Ici, tu n'es pas un esclave, tu es mon égal. Mais n'en souffle mot à personne ! ajouta-t-il en souriant.

CHAPITRE 6

J e suis très heureux, *xiàoguan* Phoenix, que tu aies accepté
— mon invitation.

— L'honneur est pour moi, *shi** Keng-Li. Votre
invitation à prendre le thé m'émeut. Mais je vous prie de
m'appeler Phoenix, proposa l'enquêteur au médecin.

— Je voulais te connaître, Phoenix, car j'ai beaucoup voyagé
et je suis toujours curieux de découvrir d'autres sociétés, de
nouvelles cultures.

— Oui, la découverte du monde est captivante. J'ai moi-
même un peu voyagé et je dois avouer que c'est une vraie
passion. Lorsqu'on sort de chez soi, on ne soupçonne pas
toujours jusqu'où nous mèneront nos pas !

— Tu as bien raison, Phoenix. J'éprouve toujours beaucoup
de joie lorsque j'entreprends un voyage, bien qu'à mon âge
les occasions se fassent plus rares. En te regardant, je dois
cependant admettre que j'ai du mal à saisir tes origines, et je
dois également t'avouer que je m'interroge sur les raisons de
ta présence ici, dans la capitale impériale.

Phoenix fit un effort pour maîtriser sa réaction et ne pas
trahir son étonnement. Le vieil homme se doutait-il de quelque
chose ?

— Je sais par l'empereur que ton Honorable Père lui a sauvé la vie, et nous louons tous les jours les dieux pour cela, mais pourquoi un homme tel que toi a-t-il accepté de venir ici?

— Je ne comprends pas très bien votre question, *shi*, puisque vous devez également savoir par l'empereur que c'est lui-même qui en a fait la requête et qu'on ne peut se soustraire à une telle demande.

— Effectivement, lorsque l'empereur exige quelque chose, il l'obtient. Mais tu n'étais pas obligé d'arriver avant le moment prévu de ton entrée en fonction au gouvernement!

Le vieillard regardait Phoenix par-dessus sa tasse de fine porcelaine.

— Je souhaitais honorer la demande de notre Honorable Empereur et me mettre à son service le plus rapidement possible... par respect pour mon père!

Le médecin posa sa tasse en opinant de la tête.

— Oui, je vois... Est-ce un hasard si tu m'as trouvé au marché, ou cherchais-tu à me rencontrer?

Décidément, cet homme était plus clairvoyant qu'il n'y paraissait! Phoenix s'interrogea sur la nature de toutes ces questions. Il comprit qu'il ne devait pas chercher à contourner le sujet et encore moins à mentir, il devait parler en toute franchise.

— Vous avez raison, *shi*, je cherchais à vous rencontrer!

— Et pour quelle raison?

Phoenix marqua une pause, comprenant qu'il devait jouer la partie avec finesse pour ne pas faire douter davantage le médecin ou, pis encore, l'amener à refuser de le revoir.

— Je souhaitais vous connaître, car j'ai beaucoup entendu parler de vous et de votre grand savoir. Votre science et vos connaissances vous précèdent, on parle même d'un élixir que vous êtes en train de mettre au point. Un remède qui procurerait la vie éternelle à celui qui le boit.

Le visage du médecin passa de l'étonnement à la méfiance, mais l'enquêteur poursuivit :

— Passionné moi-même par les sciences, je souhaitais vous rencontrer...

— Tu cherches à en connaître plus sur mes travaux ? lança le vieil homme, sur ses gardes.

— Non, pas du tout ! Je n'ai pas cette prétention. Je ne suis que novice dans cette matière... Rassurez-vous, c'est la grandeur de vos connaissances qui m'a attiré vers vous, et non la nature de vos recherches en tant que telle. Je suis simplement un profane très curieux. Je ne me sers pas de vous, je cherchais simplement à mieux vous connaître, car j'ai le plus grand respect pour vous et vos travaux, pour votre génie. C'est par pure curiosité que je désirais vous rencontrer. Je voulais faire la connaissance du maître.

Le médecin le dévisagea un instant, tout en caressant sa longue barbe. Il sondait son regard et son attitude pour découvrir si Phoenix disait vrai. Mais l'enquêteur ne cherchait pas à se dérober et le regardait droit dans les yeux, avec franchise. Sans relâcher son emprise, le maître prit la théière pour reverser du thé à Phoenix.

— Bois, pendant que c'est chaud. Le thé a des vertus bienfaisantes. Je veux bien te croire, Phoenix, lorsque tu dis ne t'intéresser qu'à moi. Si je t'ai posé autant de questions, c'est parce que je dois me méfier de ceux qui cherchent à approcher l'empereur par mon intermédiaire. Mais ceux-là, je les repère de loin, ils n'ont pas le regard aussi franc que toi. Des yeux couleur du ciel comme les tiens sont une fenêtre ouverte sur l'âme, et tu peux difficilement masquer tes pensées. Je lis en toi, conclut le vieil homme, en buvant à son tour une gorgée de son thé. Tu peux maintenant me poser des questions, quelles qu'elles soient. Je tenterai d'y répondre de mon mieux.

Phoenix jugea la proposition intéressante, mais il devait se montrer prudent et attendre encore avant d'interroger le médecin à propos de l'empereur. L'occasion se présenterait d'elle-même, il en était convaincu. Pour le moment, il devait s'assurer la confiance de son « vieil » ami et éviter toute question relative à Qin Shi Huangdi.

Il l'entretint donc des effets préventifs et guérisseurs de certaines plantes, ainsi que des dernières découvertes en pharmacologie. Le vieil homme constata que son interlocuteur avait une grande connaissance en herboristerie, une découverte qui lui ouvrit toutes grandes les portes de son amitié et de sa reconnaissance. À l'attitude du maître, Phoenix comprit que ce dernier ne se méfiait plus de lui. Il venait de gagner la confiance du médecin et il devait absolument la garder.

CHAPITRE 7

Sur ordre de notre tianzi et *kejing* Qin Shi Huangdi, le *xiàoguan* Phoenix doit se présenter dans la nouvelle aile ouest du palais.

L'intendant en chef, Han Kiu-Yi

Phoenix baissa les yeux vers l'enfant qui venait de lui remettre la missive. Le garçon, âgé de neuf ans à peine, était vêtu aux couleurs de l'empereur. Surpris de la jeunesse du messager, Phoenix le remercia avec un détachement qui alarma un peu l'enfant.

— *Xiàoguan* Phoenix, vous devez y aller immédiatement ! Je dois vous y conduire.

Phoenix était peu enclin à le suivre : il devait assister à de nouveaux exercices militaires et se savait attendu par plusieurs officiers. Il aurait préféré repousser de quelques heures la visite dont il venait de recevoir l'ordre, car son absence n'allait qu'accroître la méfiance et la froideur des officiers à son égard. Son arrivée impromptue, son titre honorifique et son statut d'étranger n'aidaient en effet pas à son intégration au sein de la communauté et de ses représentants. Selon une nouvelle rumeur qui courait à son sujet, l'empereur songerait à le désigner comme successeur, une rumeur invraisemblable qui ne l'aidait en rien à mener son enquête. On murmurait même sur son passage qu'il était le fils naturel de l'empereur et que sa mère était une princesse étrangère. Lorsque Phoenix avait appris cela de la bouche même de son esclave, Yu Hi, il avait éclaté de rire.

Mais bien vite, il comprit qu'avec cette rumeur de nouvelles embûches se profilaient à l'horizon. Si on lui prêtait maintenant une parenté avec l'empereur, il n'en avait pas fini avec les intrigues et les mauvaises langues. Bref, bien peu de gens l'appréciaient, tous s'en méfiaient pour une raison ou pour une autre, et sa supposée filiation avec le souverain ne pouvait que lui mettre d'autres bâtons dans les roues. Phoenix reporta son attention sur le jeune garçon. À son regard paniqué, il saisit que le messager risquait gros s'il ne parvenait pas à le convaincre de le suivre.

— Ton pli ne précise pas à quel moment je dois me présenter à l'aile ouest, mais à te voir, ma visite semble pressante. Et comme c'est un ordre, je vais te suivre. Comment t'appelles-tu ?

L'enfant poussa un profond soupir de soulagement avant de lancer d'une voix aiguë :

— Sima Qian, *fù*.

Phoenix resta un instant surpris en entendant le nom de l'enfant. Grâce à ses connaissances de l'avenir, il savait que ce jeune garçon serait bientôt le premier historien qui décrirait cette période de l'Histoire. L'enquêteur lui répondit par un sourire, amusé de faire la connaissance du futur historiographe.

Après avoir donné à Yu Hi un pli avertissant les officiers de son absence, Phoenix partit à la suite du gamin, tout en l'interrogeant sur leur destination. Ce dernier répondait évasivement à ses questions, comme s'il ignorait les réponses. Phoenix ne connaissait pas encore l'aile ouest du palais située à l'extérieur de l'enceinte de la ville. En réalité, il ne connaissait pas encore très bien les lieux, car son arrivée était somme toute encore récente.

« Hormis les quartiers relevant de l'armée et une petite partie du palais menant aux appartements privés du roi, je n'ai pas eu trop l'occasion de me promener, songea Phoenix. Quelle peut donc être la raison de cette convocation ? Il y a toujours tant de mystères qui entourent de tels ordres, c'est toujours d'un tel flou ! Les gens aiment bien faire des mystères avec des riens… »

Ils marchèrent ainsi d'un pas rapide à travers les rues, jusqu'à la porte de la forteresse par laquelle Phoenix était arrivé quelques jours auparavant. Là, deux magnifiques chevaux, appartenant de toute évidence aux écuries de l'empereur, attendaient d'être montés.

Le jeune messager, agile comme un singe, grimpa sur le dos du premier animal en conviant l'enquêteur à l'imiter. De plus en plus intrigué, Phoenix commençait à se poser de sérieuses questions. Non qu'il fût particulièrement méfiant, mais il devait constamment demeurer sur ses gardes.

Il se savait suivi depuis son arrivée. Bien que Politeia n'ait pu le prouver, l'enquêteur en demeurait persuadé. Lui tendait-on un piège ? Pour quelle raison cherchait-on à le faire sortir de la ville ? L'ordre qu'il avait reçu pouvait très bien être un leurre, un faux, qui l'obligerait à suivre l'enfant jusque dans un lieu retiré. Quoi de plus innocent qu'un enfant, qui s'en méfierait ?

Phoenix interrogea encore une fois le jeune messager, mais celui-ci évita les questions, baragouinant des semblants de réponses qui n'avaient ni queue ni tête. Était-ce par timidité ou par peur de se trahir? L'enquêteur surprenait souvent le regard indiscret du jeune garçon, ce qui le rendait encore plus suspicieux.

Ils quittèrent l'enceinte de la cité et chevauchèrent une dizaine de minutes à travers des champs de millet. Durant le trajet, Phoenix constata que le garçon montait à cheval avec habileté, ce qui laissait supposer un entraînement régulier. Peut-être était-il le fils d'un militaire. En tout cas, il avait accès aux écuries et avait le droit de monter les bêtes. L'enquêteur lui en fit la remarque, et l'enfant se contenta de le remercier.

C'est seulement lorsqu'ils arrivèrent à l'extrémité du champ que l'enquêteur aperçut une série de constructions rectangulaires soigneusement alignées, mais rien n'indiquait quelle pouvait être leur fonction. Le garçon mit pied à terre et Phoenix en fit autant. Ils pénétrèrent dans une baraque plus petite que les autres, qui de toute évidence devait servir de bureau. Une pancarte indiquait aux arrivants : «Maître Chen Kuo*, ingénieur en chef».

Le garçon se dirigea aussitôt vers un homme de taille moyenne, magnifiquement vêtu, le crâne lisse, doté d'un charisme époustouflant, et lui remit un pli également scellé. Celui-ci déroula la missive, en parcourut le contenu, puis releva la tête vers Phoenix pour le dévisager quelques instants.

— Je suis honoré de votre présence, *xiàoguan* Phoenix. Je suis Chen Kuo, ingénieur et responsable en chef des chantiers de notre *kejing* Shi Huangdi. Veuillez excuser mon impertinence si je vous regarde ainsi. On m'avait pourtant prévenu que vous étiez grand, que votre peau était claire et vos yeux d'un bleu très particulier, mais je dois avouer que j'en suis tout de même surpris.

— Je suis également honoré de vous rencontrer, *shi* Chen Kuo, lança Phoenix, avec un léger mouvement du buste. Ne vous en faites pas pour votre réaction, je la comprends. Cependant, je dois avouer que je ne saisis pas encore les raisons de ma présence ici...

Le maître sourit en regardant le jeune messager.

— Ce petit chenapan ne vous a rien dit?

L'enquêteur secoua négativement la tête.

— Tu devrais être fouetté pour cela, lança l'ingénieur au gamin en souriant. Allez, file avant que je n'ordonne que tu ne sois puni, conclut-il en ébouriffant les cheveux de l'enfant...

L'enfant sortit en riant du bureau pour grimper joyeusement sur son cheval, qu'il lança aussitôt au galop.

— Ce petit garnement se nomme Sima Qian. C'est le fils d'un grand poète et, tout comme son père, il adore raconter des histoires. Il a une imagination débordante, dit l'ingénieur en riant.

L'enquêteur sourit à cette interprétation si révélatrice de l'avenir de l'enfant.

— Je suis réellement désolé, *xiàoguan* Phoenix, pour tous ces mystères. Je comprends que les raisons de votre présence ici vous aient laissé perplexe. Je pourrais me perdre en explications... Suivez-moi. Je vais plutôt vous montrer quelque chose qui devrait vous éclairer. Je vous expliquerai en chemin de quoi il retourne. Ensuite, si vous avez des questions, je me ferai un plaisir d'y répondre. Suivez-moi, je vous prie.

L'ingénieur passa devant Phoenix pour lui montrer le chemin, expliquant avec une grande simplicité en quoi consistaient son rôle d'ingénieur et son emploi auprès de l'empereur. Il parla de la construction de bâtiments, d'un deuxième palais et de son immense chantier. Phoenix ne saisissait toujours pas ce qu'il faisait là, mais il abandonna ses soupçons. Cette convocation venait de l'empereur lui-même et ne pouvait être remise en question.

Ils se dirigèrent vers le plus gros des bâtiments, où régnait une grande activité rappelant le travail incessant d'une fourmilière, lorsque, enfin, l'enquêteur aperçut quelque chose qui le figea sur place.

Un homme poussait une brouette* dans laquelle se trouvait une statue grandeur nature d'un lancier en position de frappe. L'apparition était saisissante, et Phoenix comprit enfin où il était.

Il se trouvait dans l'usine de fabrication des fameuses statues de terre cuite de l'empereur, celles-là même qui seraient redécouvertes par des paysans plus de deux mille ans plus tard. Ces statues qui étaient la raison de sa mission. L'éclat et la beauté de l'objet représentant le lancier le frappèrent, les couleurs étaient vives et les détails rehaussés. Avant de partir, Phoenix avait lu que ces statues avaient été à l'origine peintes en couleur et que le temps et les conditions naturelles les avaient délavées, mais il ne s'était pas imaginé un instant une telle richesse.

— Impressionnant, n'est-ce pas ? lui lança l'ingénieur en voyant sa réaction.

— Époustouflant serait plus exact !

— Oui, je suis assez fier de cette idée… Nous avons mis au point une technique de moulage qui permet de créer en série une quantité de corps selon les offices militaires. De cette manière, nous gagnons beaucoup de temps. Une fois les morceaux usinés et assemblés, il ne reste aux artisans qu'à ajouter les têtes moulées individuellement et les détails liés à la fonction de chacun.

— Vous voulez dire que vous moulez le visage de chacun des soldats de l'empereur?

— C'est exact! Telle est la volonté de notre *kejing* Qin Shi Huangdi. Il désire que sa suite et son armée soient telles qu'il les voit tous les jours, et c'est la raison de votre présence ici, *xiàoguan* Phoenix. Notre *huangdi* tient à inclure votre effigie dans sa garde royale, puisque vous en êtes le ministre des Armées... et un proche ami, dit-on.

Phoenix ne releva pas le commentaire. Sa prétendue amitié avec l'empereur semblait intriguer bien du monde, mais il ne désirait pas non plus faire taire ces rumeurs. Après tout, il n'était pas là pour cela, et peu lui importait les conclusions qu'on pouvait tirer de ses rencontres avec le monarque. «En tout cas, conclut-il pour lui-même, je fais l'objet de bien des conversations... Pourquoi pas!»

— Je ne pensais pas que le visage de chaque soldat avait été moulé. Uniquement certains fonctionnaires ou gradés... songea Phoenix à voix haute.

— Que dites-vous? s'enquit l'ingénieur, intrigué.

— Rien, rien! Je me disais que cela devait prendre un temps fou et une organisation titanesque pour orchestrer un tel projet.

L'ingénieur lui sourit, sans être certain de bien saisir ce que lui disait l'officier. Mais il ne chercha pas à approfondir la question.

— Si vous avez été convoqué ici, ce matin, c'est pour qu'on fasse un moulage de votre visage, qui, je dois l'avouer, sera un élément surprenant dans le paysage éternel de Notre Majesté.

Suivez-moi, je vais vous emmener à l'atelier de moulage, où on vous attend…

— Dans le paysage éternel de Notre Majesté?

Phoenix jouait l'innocence. Évidemment, il ne devait pas être au courant de la construction du mausolée. Son arrivée récente dans la province l'obligeait à feindre l'étonnement devant tout ce qui touchait les pratiques et les décisions locales.

— Depuis son arrivée au pouvoir, voilà quelques années déjà, notre monarque et maître fait construire la résidence qui lui servira de lieu de dernier repos. N'êtes-vous pas au courant?

— Oui, bien sûr, comme tout le monde, renchérit Phoenix, ne sachant pas ce qu'il devait répondre.

Il était bien entendu au courant, mais il hésitait, se demandant si cette construction était tenue secrète et s'il devait en avoir connaissance en tant que ministre nouvellement débarqué. Le peuple et le commun des mortels savaient-ils que l'empereur se faisait construire un tombeau de la grandeur d'une ville? Ils en avaient assurément entendu parler puisque tout finit toujours par se savoir, mais lui, que devait-il connaître, au juste, sur ce fabuleux projet?

Pour éviter tout faux pas, Phoenix ne fit aucun commentaire supplémentaire, se contentant de regarder partout en poussant de grandes exclamations, afin de détourner l'attention de l'ingénieur de ce qu'il pouvait ou non savoir. Ils déambulèrent à travers une forêt de corps détachés : jambes, torses, bras, mains et pieds attendaient d'être assemblés. Plus loin, dans la salle d'assemblage, des centaines d'ouvriers travaillaient à reconstituer la grandeur de l'armée figée de l'empereur. Un peu en retrait, Phoenix aperçut les ateliers des sculpteurs et des peintres où quelque quatre-vingts artistes reproduisaient avec art les détails de chaque statue. Ils arrivèrent enfin dans une salle assez vaste divisée par des paravents qui formaient de petits cagibis individuels. L'ingénieur indiqua l'un d'eux à Phoenix :

— Installez-vous, *xiàoguan* Phoenix, je vais chercher le maître artisan…

Le détective regarda autour de lui, circonspect sur les raisons de sa présence et sur ses éventuelles conséquences. On allait prendre un moulage de son visage. Il allait donc se retrouver immortalisé dans la célèbre armée de l'empereur et, plus tard, les archéologues mettraient au jour son visage. Devait-il laisser place à cette éventualité ? Cet anachronisme allait-il changer quelque chose à l'interprétation de l'histoire ?

« De toute évidence, je ne peux pas y faire grand-chose. Si je refuse ou si je trouve un prétexte pour me soustraire à cette prise d'empreinte, mon attitude soulèvera probablement des réactions et des questions auxquelles je ne souhaite pas être confronté. La solution la plus simple est encore de m'y prêter… Qui sait ? Avec un peu de chance, ma statue sera détruite ou défigurée comme plusieurs l'ont été, soit par des pillards soit par les éboulements ! »

À cet instant, l'ingénieur réapparut accompagné d'un homme d'un certain âge et d'une jolie jeune fille, qu'il reconnut aussitôt. C'était celle-là même qu'il avait vue au marché et qui avait offert des fleurs au médecin de l'empereur, Keng-Li. Elle baissa aussitôt les yeux lorsqu'elle vit que Phoenix l'observait. Ce dernier se demanda si c'était par soumission ou parce qu'elle le reconnaissait. Peut-être l'avait-elle vu en présence du médecin.

— *Xiàoguan* Phoenix, voici le maître artisan Li Lin et sa fille Xindi. Ce sont eux qui vont faire le moulage de votre visage, ce sont les meilleurs. Vous ne subirez aucun désagrément, je peux vous l'assurer, puisque le maître et sa fille ont déjà pris l'empreinte de mon propre visage, dit l'ingénieur en les saluant. Vous savez où me trouver si vous avez des questions, ajouta-t-il à l'adresse de Phoenix, avant de disparaître. Un *binù* vous raccompagnera dès que vous aurez terminé. Passez une agréable journée, *xiàoguan* Phoenix. Au plaisir de vous revoir, maître Li Lin, Xindi.

Chen Kuo salua également les deux artisans avant de partir. Dès qu'il se fut éloigné, la jeune fille s'approcha de Phoenix, visiblement prête à l'aider à se dévêtir. L'enquêteur eut un mouvement de recul.

— *Kejing* Phoenix, vous devez retirer le haut, lança-t-elle avec douceur, mais sur un ton réclamant obéissance, et visiblement peu impressionnée par le rang d'officier de Phoenix.

— Ayez confiance, *fù*, lança le père en voyant le réflexe du jeune homme, elle connaît très bien son métier.

Phoenix se sentit rougir et perçut chez la jeune fille un léger sourire moqueur. Il se redressa, prêt à l'affronter et légèrement froissé de se laisser ainsi intimider. En un clin d'œil, il se retrouva torse nu, et déjà Xindi l'aidait à enfiler une chemise blanche en lin. Elle voulut lui enlever son pendentif, mais cette fois l'enquêteur lui saisit la main, un peu trop vivement. Sa réaction fit sursauter la jeune fille, et son père, qui se tenait à ses côtés, chercha à le calmer.

— Nous sommes désolés, *kejing* Phoenix, mais vous devez retirer ce bijou pour le moulage, sinon il risque d'être abîmé.

Évitant le regard de la jeune fille, Phoenix retira lui-même le médaillon de son cou pour le garder fermement dans sa main.

— J'y tiens énormément, renchérit-il pour expliquer la réaction plutôt exagérée qu'il avait eue à l'égard de ce pendentif en forme de coquillage suspendu à son cou par un rudimentaire cordon de cuir.

— Oui, nous comprenons, *fù*, dit l'homme, probablement habitué aux nombreuses extravagances des militaires et autres figures passés avant l'officier, tout en faisant signe à sa fille de poursuivre sa tâche.

Il pria Phoenix de s'étendre sur une table dont la partie supérieure était inclinée selon un angle de soixante-cinq degrés, puis lui glissa une tige de bambou d'une quinzaine de centimètres dans la bouche. Sans prendre le temps de répondre au regard interrogateur de l'officier, il céda la place à sa fille, qui badigeonna le visage de Phoenix d'une texture grasse. Puis son père reprit sa tâche en appliquant une fine couche de plâtre sur le visage de plus en plus inquiet de l'enquêteur.

— Le bambou vous servira à respirer le temps de l'application et du séchage. Ma fille a appliqué de la graisse sur votre visage afin de protéger votre peau et de faciliter le démoulage. Je viens de vous mettre une première couche fine de plâtre que je vais laisser sécher quelques secondes avant de continuer couche après couche. Vous devez vous détendre, *fù*, sinon l'empreinte fixera pour l'éternité un visage anxieux. Nous concevons que l'expérience ne soit pas très agréable, mais elle n'est pas douloureuse et ne dure pas trop longtemps, rassurez-vous.

« Peste ! Rassurez-vous, rassurez-vous… Je voudrais bien l'y voir, lui ! Quelle horreur ! Je me sens prisonnier, j'ai l'impression d'étouffer. Heureusement que je ne suis pas claustrophobe. Si Faustine me voyait ! D'un autre côté, je vais être immortalisé en guerrier chinois, c'est assez original ! Quoi qu'il en soit, j'espère que ça ne sera pas trop long. »

Phoenix se força à se détendre, respirant profondément et tentant de réguler son souffle. Il entendait autour de lui le père et la fille qui discutaient à voix basse, jusqu'à ce que les mots et les bruits des alentours se perdent dans un lointain écho. Parfaitement détendu, il glissa tranquillement, sans s'en rendre compte, dans un léger sommeil et bientôt ne perçut plus rien autour de lui.

Un bruit sourd et lointain le fit sursauter et le réveilla tout à fait. Au même moment, il entendit la voix douce et réservée de Xindi qui lui parlait. Elle était en train de tirer sur le masque pour démouler l'empreinte de son visage.

— Vous vous êtes endormi, *fù*, j'en suis heureuse, cela démontre que l'expérience n'a pas été trop pénible et que vous êtes parvenu à vous détendre. L'empreinte n'en sera que plus belle !

— Suis-je resté longtemps endormi ? s'inquiéta Phoenix.

— Non, non, juste le temps du séchage. Voilà, c'est terminé, dit-elle, après lui avoir nettoyé le visage avec une éponge mouillée afin d'enlever les résidus, vous pouvez vous rhabiller. Désirez-vous, *fù*, que je vous aide ?

Phoenix sourit, visiblement moins anxieux devant cette familiarité qui, quelques instants plus tôt, l'avait déstabilisé.

— Non, je te remercie, Xindi, je peux me débrouiller seul. Pourrais-je voir le résultat final ? ajouta-t-il en désignant du menton le moulage qu'elle enveloppait de tissus avant de le déposer avec soin dans un panier de rotin identifié à son nom.

— Bien sûr! Nous allons procéder à la coulée cet après-midi. Il faut attendre quelques jours pour que le tout sèche, puis on casse le moule et on sort la forme finale. Vous n'avez qu'à repasser, je me ferai un plaisir de vous la montrer.

CHAPITRE 8

Phoenix rentra dans ses appartements peu de temps après la prise d'empreinte. Il avait encore le visage poisseux, et souhaitait se débarbouiller avec soin et boire quelque chose avant de retourner sur le terrain pour assister aux exercices des soldats. Il n'aimait pas trop ces entraînements militaires, mais son rôle de ministre des Armées l'obligeait à y assister.

Lorsqu'il se présenta sur l'un des terrains, il fut surpris en découvrant l'une des manœuvres de base des soldats. Les hommes, divisés en deux équipes égales de quelques joueurs, s'affrontaient dans ce qui ressemblait étrangement à un match de football. Ils se disputaient une balle de cuir rembourrée de crin qu'ils devaient envoyer dans des cordages de soie reliés par des bâtons. L'enquêteur sourit. Les Chinois étaient à l'origine de bien des découvertes, mais il ignorait qu'ils avaient également jeté les bases de ce sport.

— *Xiàoguan* Phoenix, je me présente, Li Si, ministre responsable de la construction du mausolée de notre *tianzi*. J'ai appris que vous veniez de faire prendre le moulage de votre figure, vous serez donc des nôtres dans le voyage éternel de notre empereur. J'en suis fort heureux pour vous, c'est un honneur, surtout pour un étranger !

« Comment dois-je prendre cette remarque ? se questionna l'enquêteur. N'y aurait-il pas une pointe de jalousie dans cette affirmation ? »

— J'en suis effectivement très honoré, ministre Li Si, et je suis également enchanté de rencontrer la personne responsable de ce projet gigantesque. Construire un mausolée de la grandeur d'une ville, voilà ce que j'appelle une œuvre titanesque !

Le ministre le fixa de ses yeux noirs qui disparaissaient en une fente accentuée par le repli de ses épicanthus*. L'homme devait avoir dans la cinquantaine, et son expérience marquait son front parcheminé de profondes rides. Ses cheveux de jais étaient striés çà et là de mèches blanches, donnant l'impression que l'homme portait une toque lignée noir et blanc.

— Qui a bien pu vous parler du mausolée ? Très peu de personnes sont au courant des plans du site et surtout de sa dimension…

« Peste, je crois que je viens de gaffer, je suis allé trop vite dans mes affirmations ! Je voulais lui en boucher un coin, mais je viens de faire un faux pas. Me voilà fixé, cependant, sur la confidentialité qui entoure la construction du tombeau. »

— Ce n'est pas à vous, *kejing* ministre Li Si, que je vais apprendre que bien peu de secrets peuvent demeurer secrets longtemps…

Le ministre plongea son regard dans celui de Phoenix pour tenter de lire au-delà des mots que prononçait cet intrigant étranger sur lequel couraient plusieurs rumeurs. Le ministre était persuadé que ces ouï-dire reposaient sur un fond de vérité. L'enquêteur soutenait son regard. Il le devait s'il ne voulait pas passer pour quelqu'un qui avait quelque chose à cacher.

— Vous avez certainement raison, *xiàoguan* Phoenix, concéda enfin l'homme, peu de choses peuvent demeurer secrètes, surtout pas un projet de cette envergure, et j'oubliais que vous êtes proche de l'empereur lui-même. Il ne doit pas avoir de grands secrets pour vous...

Phoenix ne releva pas cette dernière remarque, préférant éviter le sujet. Il souhaitait diriger la conversation dans une autre direction, qui peut-être viendrait jeter la lumière sur les raisons de sa présence dans ce lieu.

— L'empereur a bien raison de vouloir taire les raisons d'une telle construction, s'il ne veut pas que sa sépulture soit mise au jour par des impies après sa mort.

— Le secret, *fù* Phoenix, sera bien gardé, vous pouvez me faire confiance... Personne ne connaîtra l'emplacement du dernier repos de notre *tianzi*. Nous y veillerons !

Une sombre lueur passa dans les prunelles noires du ministre Li Si. Phoenix ne comprenait que trop bien à quoi il faisait référence. En effet, tous ceux qui avaient de près ou de loin contribué à l'élaboration de ce gigantesque projet allaient trouver la mort sitôt que l'empereur serait enterré dans son mausolée. Une poignée d'initiés seraient chargés d'enfermer vivantes les quelques personnes dans la confidence du projet, pour ensuite se donner la mort dignement.

— N'aurait-il pas été plus simple de garder secret son emplacement en réduisant sa superficie et l'ampleur de son contenu ?

Le ministre parut prendre ombrage de l'audace du militaire. Un instant, il sembla sur le point de rétorquer avec une grande dureté, mais il se ravisa.

— Je sais bien que vous n'êtes pas de notre culture, *fù* Phoenix, sinon vous n'oseriez jamais parler ainsi. Les raisons d'un tel chantier ne regardent que notre Honorable Empereur. Lui seul peut prendre ce genre de décisions, et nous ne pouvons, en simples serviteurs que nous sommes, que l'honorer et le servir dans ses choix.

Par ces mots, le ministre venait de le remettre à sa place : il ne devait jamais oublier qu'il n'était pas des leurs. Les phrases du ministre constituaient également une menace à peine voilée, comme un avertissement qu'il devait prendre en considération. Il était clair que Li Si ne l'aimait pas. Probablement n'approuvait-il pas, comme bien d'autres, ses liens avec l'empereur. En faisant un profond mouvement, en apparence respectueux, Phoenix salua les paroles du ministre.

— Je suis réellement désolé si je vous ai paru inconvenant, ce n'était pas mon intention.

— Faites attention à vos paroles, *fù* Phoenix, l'empereur vous aime beaucoup, c'est évident, mais il ne tolère aucun manque de convenance, même de ses proches.

— Je m'en souviendrai.

« Peste ! Pas facile, le ministre… C'est qu'il cherche à m'intimider. Si je souhaite avancer dans cette enquête, il faut que je parvienne à interroger quelques personnes, disons, moins… moins absolues dans leur dévouement à l'empereur. Mais qui ? Tout le monde ici semble sur ses gardes. Le totalitarisme auquel ils sont soumis leur impose la plus grande discrétion quand il s'agit de Qin Shi Huangdi. Je dois trouver quelqu'un qui n'a pas peur de ses opinions. Mais une telle personne existe-t-elle dans un système où la vie ne vaut même pas un bol de riz ? »

* * *

« Peste, peste et re-peste, mon pendentif! Je l'ai perdu! C'est impossible, voyons!»

Phoenix retourna sa couche et fouilla dans ses coffres avant de retourner dans la salle d'eau, sous l'œil intrigué de Yu Hi.

— Puis-je vous aider, *fù*? Vous semblez chercher quelque chose...

L'enquêteur se retourna vers son domestique.

— Oui, Yu Hi. Je cherche un pendentif qui ne me quitte jamais. Oh, il est simple en apparence, un vulgaire coquillage, mais j'y tiens comme à la prunelle de mes yeux. Je crois que je l'ai égaré!

— Je vais vous aider à chercher, *kejing* Phoenix, il ne doit pas être loin. Je l'ai remarqué à votre cou, ce matin même, en vous aidant à vous habiller. J'en suis sûr.

Phoenix se figea, contemplant Yu Hi, les yeux plissés en signe de réflexion. Il revit soudain, et avec clarté, où se trouvait son précieux médaillon.

— Inutile de chercher ici, Yu Hi, je viens de me rappeler où je l'ai égaré. À la fabrique de notre *kejing fù*, où ce matin même l'artisan en chef a fait le moulage de mon visage.

— Désirez-vous que j'aille le chercher?

— Non, je vais y aller. J'irai plus vite à cheval que toi à pied.

Phoenix partit au galop. Chemin faisant, il songeait avec anxiété à la gravité du problème dans lequel il se trouverait si jamais son médaillon n'était pas là où il le pensait. Il se revoyait étendu, au moment de se faire mouler le visage, et se détendant au point de s'endormir, le pendentif serré dans sa main. Pendant son sommeil, le précieux collier avait dû glisser de sa main. S'il ne parvenait pas à le retrouver, l'enquêteur savait qu'il serait dans une situation délicate, et il l'appréhendait. Bien entendu, par l'entremise de Politeia, le SENR connaissait en tout temps sa position. Il serait possible au service d'envoyer un autre agent le chercher au moindre problème. Mais le simple fait que le médaillon soit perdu pourrait avoir de graves conséquences sur l'avenir, s'il était découvert. Le SENR pouvait bien évidemment retrouver à distance le médaillon en question, et celui-ci ne pouvait être activé que par empreinte vocale, c'est-à-dire en reconnaissant la voix de son possesseur. Mais… mais sa disparition pouvait devenir problématique pour Phoenix. Tous ses outils étaient dans ce médaillon, ainsi que les moyens de voyager dans le temps. Son médaillon était son seul lien avec son époque. Tout en faisant ces réflexions, Phoenix eut une pensée pour sa douce Faustine.

À bride abattue, il parvint rapidement à la hauteur des bâtiments et des ateliers de moulage. Déjà, un *binù* accourait pour prendre les rênes de son cheval. Phoenix se précipita en bas de sa monture et parcourut d'un pas rapide les immenses salles où besognaient toujours les artisans. Sans prendre le temps de regarder ce qui se passait autour de lui, il chercha l'endroit où le matin même le maître artisan Li Lin avait pris l'empreinte de son visage. Mais tous les cagibis se ressemblaient, et Phoenix ne parvenait pas à retrouver celui qu'il avait occupé. Des yeux, il chercha Xindi ou son père. Il trouva enfin ce dernier dans le fond d'une salle, près d'une table sur laquelle étaient empilés plusieurs moulages.

— Maître Li Lin? demanda-t-il, la voix incertaine, en arrivant à sa hauteur.

L'homme se retourna vers l'enquêteur, le regard interrogateur.

— Oh, *xiàoguan* Phoenix… Je suis enchanté de vous revoir, dit-il en se courbant légèrement. Vous venez voir si le moulage de votre visage est prêt, mais il est encore trop tôt…

— Oui, je le sais. Xindi m'a expliqué qu'il fallait quelques jours de séchage. Je ne suis pas ici pour cela…

Le maître artisan plissa les yeux un instant, puis d'un signe de tête convia Phoenix à poursuivre.

— Après mon départ, avez-vous retrouvé le médaillon que je portais lors de notre rencontre ? Je crois que je l'ai égaré ici.

L'homme réfléchit un bref instant en secouant la tête de gauche à droite.

— Non. Je me rappelle effectivement ce collier auquel vous teniez beaucoup, mais non, je ne l'ai pas revu après votre départ. Attendez, nous allons demander à Shan, qui s'occupe de l'entretien, si par hasard il ne l'aurait pas trouvé.

L'homme claqua des mains. Aussitôt, un garçon âgé d'une quinzaine d'années accourut. Saluant respectueusement les deux hommes, il attendit que son maître lui adresse la parole.

— Shan, voici le *kejing* Phoenix, un *xiàoguan* et ami de l'empereur.

Visiblement impressionné, le jeune garçon courba le torse un peu plus en avant pour saluer Phoenix.

— *Fù* Phoenix a perdu ici même un médaillon alors qu'il se trouvait dans la salle numéro sept…

— Un médaillon fort simple, l'interrompit Phoenix, un coquillage retenu par un cordon de cuir. L'aurais-tu trouvé ou quelqu'un te l'aurait-il rapporté ?

Le jeune Shan secoua la tête avant de la baisser en signe de soumission. Il était visiblement déçu de ne pouvoir aider l'étranger.

— Non, *kejing* Phoenix, je n'ai pas trouvé votre médaillon. Je suis désolé…

L'enquêteur fronça les sourcils.

«Ce garçon semble dire la vérité. Mais alors, où mon médaillon peut-il bien être?»

— Peux-tu te renseigner auprès des autres? continua l'enquêteur, en balayant la salle d'un geste de la main.

L'adolescent disparut aussitôt pour laisser les deux hommes seuls. Phoenix et le maître artisan échangèrent quelques paroles banales pendant que Shan parcourait la salle en interrogeant les autres garçons qui s'affairaient à divers travaux de nettoyage. Certains ramassaient les restes d'argile, d'autres passaient le balai, d'autres encore vidaient les contenants servant de poubelle et entretenaient les lieux. L'adolescent revint au bout de quelques minutes.

— Non, *kejing* Phoenix, personne n'a trouvé de médaillon.

«Peste, me voilà dans de beaux draps!» pensa l'enquêteur.

— Que dites-vous, *fù*?

— Rien, je me parlais… Je dois partir, *shi* Li Lin.

— Je suis désolé pour vous, mais ne vous inquiétez pas : si jamais nous le retrouvons, je vous le ferai parvenir dans les plus brefs délais! Vous pouvez compter sur moi.

— Je vous remercie, *shi* Li Lin. Nous nous reverrons très bientôt…

Phoenix partit d'un pas pressé, tandis que l'homme et le jeune garçon le suivaient du regard. Le maître artisan demeura songeur un long moment, regardant toujours fixement le chemin emprunté par l'officier.

— Une réaction bien exagérée pour un simple coquillage! commenta l'artiste, avant de se retourner vers la table pour poursuivre son travail. Allez, Shan, retourne à ta besogne.

Phoenix enfourcha son cheval pour prendre la direction de la ville, visiblement inquiet. Il était persuadé d'avoir perdu son médaillon dans l'atelier de moulage. Qui, alors, avait bien pu le trouver ? Sans son médaillon et l'aide de Politeia, son enquête serait presque impossible. Phoenix devrait résoudre seul les éventuels problèmes qui se présenteraient à lui.

Tandis qu'il chevauchait jusqu'à ses appartements, l'enquêteur se sentit soudain bien seul. Pendant un instant, il se crut perdu et étrangement vulnérable dans cette période du passé. Il eut une pensée pour sa voisine Faustine. Comme il aurait aimé qu'elle se trouvât à ses côtés ! Une grande anxiété l'envahit.

CHAPITRE 9

Xiàoguan Phoenix, sur mon ordre et selon ma volonté, vous accompagnerez et dirigerez la délégation de paix vers le Xiongnu, jusqu'aux frontières et au-delà de l'Empire du Milieu. Cette ambassade, composée du ministre des Affaires extérieures Chang-Lin et de quelques ambassadeurs, entreprend ce voyage dans le but de rencontrer le dirigeant Toumàn* et de conclure avec lui les ententes de paix avec cette région nouvellement conquise par nous, Qin Shi Huangdi. Votre rôle, en tant que ministre des Armées et ami personnel de votre *wansul*, est essentiel à la bonne marche de cette affaire. Je compte sur vous et sur votre loyauté.

Tianzi, Qin Shi Huangdi

Phoenix relut pour la troisième fois la missive qu'un des messagers de la cour impériale avait apportée en son absence. Il n'en croyait pas ses yeux : on l'envoyait dans les contrées barbares de la Mongolie encore sauvage pour accompagner une mission de paix. Comment allait-il faire sans son médaillon ? Il ne pouvait même pas prévenir Politeia. La situation lui parut catastrophique. Mais après avoir réfléchi à la gravité de sa position, il se rassura et un sourire en coin apparut sur son visage.

« Après tout, je peux me débrouiller seul. Je ne suis pas si dépourvu que cela, mes connaissances sont des atouts de taille, et puis… j'improviserai ! Comme d'habitude ! » Retrouvant confiance, Phoenix redressa les épaules, à présent plus sûr de lui. Il n'était pas du genre à se décourager bien longtemps. « La situation pourrait être pire », conclut-il.

— Yu Hi, prépare nos bagages, lança-t-il d'un ton ferme et décidé. Nous partons en mission pour notre *kejing tianzi*.

* * *

Phoenix devait se joindre à la délégation à la porte nord de la ville. Lorsqu'il y arriva, il découvrit avec surprise une troupe de deux cents cavaliers vêtus aux couleurs jaune et rouge de l'empereur. Il fit avancer sa monture lentement, ne sachant pas quel rôle il devait tenir. Devait-il prendre la tête de cette équipée, puisqu'il en était ministre des Armées ?

— Nous n'attendions plus que vous, *xiàoguan* Phoenix…

L'enquêteur se figea en reconnaissant la voix grave de l'empereur, qu'il n'avait jusque-là pas remarqué tant son attention s'était fixée sur la troupe. Tout en restant à cheval, il s'inclina aussitôt vers le souverain qui venait à sa rencontre.

— *Kejing* Phoenix, nous sommes contents de vous revoir.

Phoenix remarqua que l'empereur était modestement habillé, sans recherche ni ostentation, et qu'il souriait : visiblement, il était de très bonne humeur. L'enquêteur se fit la réflexion que c'était bien la première fois qu'il voyait l'empereur aussi décontracté et souriant.

— Nous vous confions cette délégation, poursuivit ce dernier en balayant de la main l'ensemble des cavaliers. Après tout, c'est votre rôle… tout comme le ministre Chang-Lin, que voici, assumera le sien le moment venu. Revenez-nous rapidement… et avec les documents signés. Nous nous fions à vous, *xiàoguan* Phoenix, et à cette ambassade pour établir des liens durables avec les Xiongnu. Soyez sur vos gardes, cependant! Des brigands sillonnent les montagnes qui séparent nos deux pays restés pendant trop longtemps en guerre. Ces hordes de loups dévorent quiconque ose s'aventurer sur ces chemins isolés… Le temps est venu de nous montrer vos talents d'officier supérieur et les qualités héritées de votre père!

Phoenix salua profondément l'empereur avant de se diriger vers les avant-postes, digne et imprégné de sa mission. Yu Hi, qui montait également un cheval puisqu'il devait suivre son maître et que la délégation devait se déplacer rapidement, le regardait faire du coin de l'œil, fier de celui qu'il servait et que l'empereur lui-même semblait tant apprécier. Le *fùguan* se plaça à la toute fin de la délégation avec les autres esclaves, juste derrière les domestiques, puisque même cette position de serviteur leur était supérieure.

Inquiet mais digne, Phoenix leva le bras pour donner le signal du départ. Aussitôt, la délégation se mit en route, empruntant la route du nord qui menait vers les montagnes bleutées, vers les frontières naturelles séparant la Chine et la Mongolie. Une longue route les attendait.

* * *

Cela faisait déjà quelques jours que la délégation serpentait à une allure soutenue sur des routes de plus en plus délabrées et dangereuses. Ils avaient quitté, depuis deux jours maintenant, les zones habitées et les casernes militaires positionnées à égale distance les unes des autres pour assurer une surveillance accrue du territoire chinois. On relevait tous les mois les militaires en faction afin qu'ils restent vigilants contre les attaques-surprises et les assauts incessants. Pour donner l'alarme en cas d'attaque, on dressait des bûchers en haut de tours de pierre et on les entretenait soigneusement pour assurer la communication entre les différents postes. En haut de chacune de ces tours, deux hommes veillaient jour et nuit à l'entretien et à la protection du bûcher. Car il suffisait d'y mettre feu pour que la lumière se voie à des kilomètres à la ronde, avertissant ainsi du danger les tours de garde des environs. L'ennemi cherchait assurément à les détruire pour cette même raison. L'alerte ainsi donnée permettait de repousser l'attaque.

À l'approche d'un des derniers postes de garde avant les frontières naturelles de l'empire chinois, Phoenix vit ce qu'il était impatient de découvrir depuis le début de sa mission : les dernières tours de garde qui constituaient déjà la ligne défensive de la muraille en construction. Reliées par de larges murets de pierre, elles formaient une ligne qui suivait les mouvements capricieux et sinueux des montagnes.

Dans un avenir proche, ces constructions s'étendraient de la Corée au désert de Gobi, sur quelque cinq mille kilomètres, pour former l'une des plus belles, des plus impressionnantes et des plus gigantesques constructions de l'homme et du génie militaire, la Grande Muraille.

Les murets, légèrement inclinés de la base jusqu'au sommet, pouvaient atteindre à certains endroits une hauteur de dix-sept mètres sur une largeur de sept mètres. Ils se rejoignaient tous les soixante à deux cents mètres, reliant entre elles des tours de guet et des tours de feu de signalement. La ligne tortueuse solidement accrochée aux reliefs des sols, comme une balafre mal cicatrisée couvrant la montagne, apparaissait graduellement dans le brouillard matinal.

« La construction de cette frontière de pierre, débutée sous le règne de l'empereur Qin Shi Huangdi, s'achèvera dans quelques siècles, sous le règne des Ming », pensa Phoenix.

La vue était époustouflante. Pendant un instant, le jeune homme apprécia les avantages de son métier. Bien peu de gens avaient comme lui eu la chance de voir évoluer la construction d'une pyramide, de côtoyer des maîtres comme Léonard De Vinci ou d'être le témoin de la construction d'une des Merveilles du monde : la Grande Muraille de Chine. « Quel bonheur, ou devrais-je plutôt dire, quel honneur ! » L'enquêteur prit le temps de fixer dans sa mémoire cette vision intemporelle et les images magnifiques qu'offrait le paysage. La région était une vraie splendeur. La Chine était un pays majestueux, dont la beauté de la nature n'avait d'égale que la grandeur du territoire.

— Nous camperons ici, lança-t-il à un des *yuàn** qui le secondaient.

Le campement était rudimentaire, même si les dignitaires de cette mission diplomatique profitaient d'un certain confort, contrairement aux soldats. Ces derniers dormaient à même le sol, emmitouflés dans les vêtements qu'ils portaient depuis leur départ et recouverts d'une unique couverture pour les tenir au chaud la nuit venue. En cette fin d'été, dans ces régions du nord de la Chine, la température oscillait autour de cinq degrés lorsque le soleil disparaissait derrière les montagnes. La nuit tombait rapidement, et avec elle, un froid mordant. Phoenix regardait avec une certaine admiration les hommes qu'on lui avait confiés, à présent regroupés autour de feux de camp. «Leur soumission à l'ordre établi a quelque chose d'admirable», pensa l'enquêteur, bien qu'il sût pertinemment qu'autour de ces feux se formulaient déjà depuis un certain temps les premiers reproches qui ébranleraient bientôt cet ordre qui paraissait encore si solide.

L'enquêteur se dirigea vers l'une des tentes, où les représentants de la délégation devaient se retrouver pour le repas, pendant que ses hommes se satisfaisaient d'un bol de riz accompagné de galettes de haricots et de thé. En passant près d'eux, il remarqua qu'on leur servait également une espèce de bouillon incolore qui semblait insipide, mais qui assurément les réchaufferait.

Phoenix prit place à côté d'un des dignitaires qui mangeait bruyamment. Il ne s'offusquait plus de cette habitude qu'il avait trouvée fort dérangeante dans les premiers temps. D'un signe de la tête, il salua le fonctionnaire chargé de retranscrire tout ce qui serait dit lors de la rencontre avec le dirigeant Toumàn, avant de se servir du riz, du canard grillé qui semblait délicieux et des fruits. Il en était à la moitié de son repas lorsqu'un éclaireur pénétra sous la tente. Le soldat était essoufflé. Phoenix se leva aussitôt pour lui faire signe d'approcher.

— *Xiàoguan* Phoenix, nous venons de repérer des mouvements dans la montagne…

— À quelle distance du campement? demanda l'enquêteur en lui tendant son propre gobelet de thé.

— Une trentaine de *li**.

Phoenix se gratta la tête, sous le regard inquiet de l'assistance composée de fonctionnaires peu habitués à la guerre.

— Des soldats mongols? s'inquiéta la voix criarde du ministre des Affaires extérieures, Chang-Lin.

— Non, non, ce ne sont pas des guerriers, mais bien des brigands...

— Combien sont-ils ? poursuivit Phoenix.

— Une centaine, dont plus de la moitié se déplace à pied !

L'enquêteur et le reste de l'assemblée ouvrirent de grands yeux, étonnés d'un tel nombre.

— Probablement des fugitifs, conclut l'un des dignitaires, visiblement au courant de la situation. Ils se réfugient dans les montagnes, car ils savent que les deux pays, n'ayant pas encore signé de traité de paix, ne peuvent envoyer d'hommes à leur recherche. Ils ont donc une certaine liberté et vivent du pillage des villages limitrophes des deux empires, ou en dévalisant les voyageurs et les commerçants. Ce sont des hommes sans foi ni loi, ils n'hésitent pas à tuer quiconque tente de leur résister ou encore de les arrêter. C'est d'ailleurs un des points sur lequel nous devons nous entendre avec le *jiangling** Toumàn. S'ils viennent vers nous et connaissent notre mission, nous pouvons supposer qu'ils chercheront à ralentir notre délégation. Car si nous signons un traité avec Toumàn, ils seront recherchés des deux côtés de la frontière, et ce ne sera plus qu'une question de temps avant que leur liberté disparaisse.

Phoenix fronça les sourcils. L'empereur lui avait parlé de cette éventualité, qui justifiait le nombre important d'hommes qui les accompagnaient, mais il ne s'était pas figuré qu'il devrait organiser une riposte. Il devait réfléchir et vite. Si, comme l'affirmait l'officier, ces brigands se trouvaient à une trentaine de *li*, il avait une poignée d'heures devant lui, d'autant que, selon le garde, la plupart des brigands se déplaçaient à pied : ils ne seraient pas là avant la tombée de la nuit.

Sous le regard inquiet des dignitaires, qui commençaient à chuchoter entre eux, il salua l'assemblée avec courtoisie avant de quitter la tente pour se retirer et décider de la meilleure riposte possible.

« Je dois trouver une solution. Comme je ne peux espérer d'aide sans mon médaillon, je dois me débrouiller seul. L'assaut est inévitable, mes hommes sont là pour cela, mais nous devons avoir l'avantage. J'aurais préféré ne pas les mener au combat et ne pas avoir à me battre, mais je crains que nous n'ayons guère le choix… Cependant, selon nos informateurs, nous sommes plus nombreux qu'eux et, en cas de combat, nous devrions avoir le dessus… mais je préfère trouver autre chose. Sur quoi puis-je compter ? Comment l'emporter sur ces adversaires autrement qu'en recourant à la force ? »

Phoenix était profondément perdu dans ses pensées. Il arpentait l'espace restreint de sa tente, sommairement aménagée d'une natte pour dormir et de deux coffres contenant ses effets personnels. Soudain, il s'arrêta, le regard vif. Il venait de trouver une réponse.

« Par saisissement, voilà la solution ! Nous devons les impressionner… Les Asiatiques sont très superstitieux, il me faut donc utiliser cette faiblesse à notre profit. »

Il se remit à marcher, les bras dans le dos, réfléchissant à cette possibilité prometteuse et aux solutions qu'elle apportait, puis s'arrêta pour lever son index droit à la hauteur de ses yeux.

« Oui, ça pourrait fonctionner… Un dragon, voilà la solution ! Je dois créer un dragon… »

* * *

Phoenix se tenait debout, le regard tourné vers les montagnes qui s'élevaient devant lui. Quelques hommes se tenaient derrière lui, attendant ses ordres. Phoenix se retourna vers eux.

— Hier, nous avons croisé une source d'eau chaude qui sentait mauvais. Te rappelles-tu? demanda-t-il à un des deux soldats qui le fixaient avec attention. Je m'y suis même baigné sous les commentaires moqueurs des hommes qui prétendaient que je sentirais les œufs pourris pendant le reste du voyage!

— Oui, fort bien, *xiàoguan* Phoenix, confirma le jeune soldat, le sourire aux lèvres, encore moqueur.

— Vous allez y retourner tous les deux. Une fois là-bas, vous verrez sur les rives de cette source des agglomérations rocheuses de couleur jaune. Je veux que vous m'en rameniez autant que vous pourrez en porter. Partez maintenant, et soyez sur vos gardes.

Les deux jeunes *zu* saluèrent leur officier avant de s'élancer vers les chevaux déjà sellés qui les attendaient.

— Vous deux, maintenant, poursuivit Phoenix, en se tournant vers deux autres jeunes soldats qui attendaient leurs ordres. Vous allez vous rendre au pied de cette colline que nous avons gravie pour monter jusqu'ici, et vous regarderez attentivement le sol. Vous allez y trouver, près des rochers, une poudre blanche qu'on nomme du sel de pierre… Vous savez ce que c'est?

— Oui, *xiàoguan*! lança l'un des jeunes soldats, fier de lui. Mon père travaille comme mineur dans les carrières de l'empereur…

— Très bien, c'est parfait! Vous m'en ramènerez autant que vous le pourrez, car cette poudre n'est pas facile à récolter. Vous trouverez sûrement sur place ce qu'il vous faut pour la ramasser, sinon servez-vous de fines branchettes pour fabriquer un petit balai qui vous permettra d'amasser la poussière qui se dépose en surface. Dépêchez-vous, le temps nous est compté.

La seconde équipe de coursiers disparut aussi rapidement que la première, tandis que Phoenix se tournait déjà vers le dernier groupe de volontaires.

— Vous allez faire le tour des brasiers du campement et me ramasser les charbons de bois les plus carbonisés que vous trouverez, ceux qui s'effritent en morceaux. Nous avons utilisé de l'aulne pour alimenter nos feux, et ce bois est idéal pour ce que je veux faire. Je vous attends sous ma tente. Dépêchez-vous!

Sans attendre de réponse, Phoenix se dirigea vers son pavillon devenu pour l'occasion son quartier général, afin d'y préparer le reste des ingrédients nécessaires à la fabrication de son dragon.

«Bon! Si tout se passe comme je le souhaite, ces garçons reviendront avec du soufre, du salpêtre et du charbon de bois… Je dois maintenant me procurer de la poudre de cuivre, de la poudre de sodium, de la poudre de fer et, si possible, de la poudre de calcium. Pour ce dernier élément, cependant, j'ai des doutes.»

L'enquêteur rassembla une pierre dure, un couteau, un bouclier, des coquilles d'œufs et un bloc de sel qu'il avait emprunté au cuisinier de l'expédition, avant de dérouler un morceau de tissu. Il étendit devant lui un morceau de cuir récupéré sur son attelage. Saisissant son couteau d'une main et la pierre de l'autre, il fit glisser la pierre dure sur le fil de la lame. Geste qu'il répéta bien des fois avant de voir s'amonceler peu à peu une fine poudre de métal de fer provenant de la lame du couteau. Le travail était ardu et long, mais Phoenix s'entêta jusqu'à ce qu'il juge la quantité obtenue suffisante. Délicatement et avec attention, il déposa les particules obtenues dans un petit bol en bois. Levant les yeux, il regarda Yu Hi qui, de son côté, assis en tailleur, broyait et pulvérisait, dans un bol qu'il tenait entre ses cuisses, les coquilles d'œufs préalablement nettoyées et séchées. Phoenix espérait ainsi obtenir du calcium. Il n'y croyait pas trop, mais espérait que ce procédé fonctionnerait car il n'avait pas d'autre moyen de se procurer cet élément. Il prit le bol et en jaugea le contenu. D'un signe de tête, il fit comprendre à l'ancien guerrier que c'était ce qu'il voulait. Une fois les coquilles pulvérisées en fins résidus, il prit le morceau de sel et passa la lame maintenant très aiguisée sur les arêtes du bloc de sel, obtenant ainsi une matière fine et cristalline. Il répéta l'opération avec le bouclier de fer, dont les côtés et le devant étaient ornés de motifs de cuivre. Il en gratta les rebords et les incrustations afin d'obtenir cette fois des particules de cuivre. Il avait maintenant devant lui quatre bols contenant chacun une certaine quantité de poudre : fer, chlorure de sodium réduit en fins cristaux, calcium pulvérisé et résidus de cuivre. Il regarda avec fierté son travail.

« Il reste encore beaucoup à faire avant de créer un dragon à partir de ces quatre éléments, songea-t-il en souriant. J'espère que mon idée va fonctionner, que je ne me trompe pas et que ces éléments sont bien ceux qu'il me faut... Et surtout, que ma façon de les réduire en poudre sera suffisante, car je ne peux faire mieux. »

De l'extérieur lui parvenaient les murmures de ses hommes, qui se préparaient à la bataille. Il savait que tous attendaient de lui la suite des ordres pour commencer à organiser leur riposte. Il leur avait parlé pour tenter de les rassurer. Ce faisant, Phoenix avait pris conscience qu'ils étaient des militaires et ne craignaient ni de se battre ni de mourir. L'arrivée en grand nombre des brigands ne les avait pas impressionnés, et c'était même avec une certaine satisfaction qu'ils avaient appris la nouvelle. Ces guerriers étaient des bagarreurs et des hommes fiers. C'était leur métier, et une mort éventuelle au service de l'empereur constituait un honneur non seulement pour eux, mais également pour leur famille et leurs descendants. Phoenix leur avait demandé de préparer leurs armes, avait donné quelques ordres stratégiques, avant de disparaître sous sa tente. Yu Hi le suivait pas à pas, prêt à servir son maître. Dès que Phoenix lui demandait quelque chose, ce dernier s'exécutait aussitôt, visiblement fier de participer à cette campagne. Phoenix se fit la réflexion que son compagnon était bien un homme d'armes et de terrain, non un esclave.

Les coursiers qui avaient pour mission de se procurer le charbon furent les premiers à revenir au camp. Aussitôt que Phoenix ouvrit la bouche pour leur en donner l'autorisation, ils pénétrèrent sous sa tente, les bras chargés d'un panier de rotin contenant des morceaux de bois noircis, qu'ils déposèrent près de l'officier. Phoenix esquissa un sourire en découvrant la grande quantité de charbon.

— C'est très bien ! Je veux maintenant que vous me trouviez des pousses de bambou, les plus grosses possible. En contre-bas, vous verrez une rivière, vous y trouverez assurément ce que je cherche. Il m'en faut plusieurs, une bonne vingtaine, en plus d'une vingtaine de roseaux secs, très secs !

Les deux garçons le saluèrent avant de s'éclipser.

Lorsque Phoenix sortit pour prendre l'air, après avoir passé de longs moments sous sa tente à préparer sa riposte, il vit au loin un nuage de poussière soulevé par des chevaux galopant en direction de leur campement. Ses hommes relevèrent également la tête pour regarder dans la même direction, réalisant aussitôt qu'il s'agissait de leurs propres cavaliers. Les coursiers revenaient de la source d'eau chaude. Sur le dos d'un des jeunes était ficelé un paquet soigneusement emballé dans une couverture. Phoenix le reçut aussitôt et déballa hâtivement les blocs de concrétion jaune citron, couleur caractéristique du soufre. Il fit signe à Yu Hi de s'occuper des soldats pendant qu'il retournait à ses fonctions de chimiste.

Toujours selon le même procédé et avec la même patience, il gratta le bloc de cristaux malodorants afin de gruger lentement, mais sûrement, la quantité de poudre nécessaire à son expérience. Le temps s'égrenait rapidement. Les brigands se rapprochaient toujours davantage du campement, mais Phoenix était confiant que son idée allait fonctionner. Du moins l'espérait-il!

Il se doutait bien que les brigands allaient attaquer de nuit, puisque c'était là leur *modus operandi**. Ce genre d'individus sans scrupules attaquaient toujours au moment où l'attention était la moins vive, où les sentinelles croulaient sous la fatigue et baissaient leur garde. Surprendre des hommes pendant leur sommeil offrait d'énormes avantages.

«C'est cette nuit qu'aura lieu l'attaque, et nous serons fin prêts à les recevoir. Il ne me manque plus que le salpêtre, et il faut choisir l'endroit où naîtra mon dragon. Nos chers invités impromptus ne seront pas déçus de l'accueil, se dit-il, avec un sourire. Si tout fonctionne comme je le crois, ils n'oublieront pas cette rencontre de sitôt!»

Phoenix s'amusait en imaginant la tête de ses ennemis.

— Voici, *kejing* Phoenix, la poudre que vous avez envoyé quérir.

Yu Hi déposa près de l'enquêteur un contenant de bois en forme de boîte carrée doté d'un couvercle : il était rempli à ras bord de la poudre blanche, le nitrate de potassium, plus connu alors sous le nom de sel de pierre, minutieusement

103

ramassée par les deux jeunes soldats. En voyant la pureté de la poudre, Phoenix comprit que les deux jeunes gens avaient pris grand soin de ne ramasser qu'elle, éliminant les brindilles, graviers et autres dépôts naturels qui jonchaient le sol.

— C'est parfait, excellent travail ! J'ai tous les ingrédients. Je vais maintenant pouvoir commencer. Yu Hi, ne laisse personne entrer ici. Je ne veux pas être dérangé. Mais avant, cours rassurer nos ambassadeurs. Dis-leur que tout va bien et qu'ils n'ont rien à craindre, dit Phoenix d'un ton ferme et autoritaire.

Le *fùguan* salua son maître avant de quitter la tente, dont il referma le rabat. Il savait parfaitement que ce n'était pas son rôle d'aviser ainsi les ambassadeurs au nom de son maître. Il savait aussi que ceux-ci verraient d'un très mauvais œil l'arrivée d'un esclave sous leur tente, surtout s'il était chargé de les tenir au courant des événements. L'ancien guerrier s'en régalait d'avance. À travers les nombreux services que son *xiàoguan* Phoenix lui demandait chaque jour, il retrouvait un peu plus de dignité et il lui en était profondément reconnaissant. Une phrase lui restait en mémoire : « Tu n'es pas un esclave, tu es mon égal. »

« Ce Phoenix est quelqu'un de bien, un grand homme, un homme d'honneur que je vénérerai jusqu'à mon dernier souffle ! » se dit-il en pénétrant, sûr de lui, sous la tente des fonctionnaires.

De son côté, Phoenix était en pleine préparation. Il examina une tige de bambou qu'il avait taillée sur une trentaine de centimètres, puis l'enfonça dans la terre pour qu'elle reste en position verticale. Devant lui, une vingtaine de bambous pareillement enfoncés formaient une petite forêt de bâtons au garde-à-vous. Avec précaution, il mélangea à parts égales le soufre et le charbon, qui formeraient le combustible, avant d'ajouter l'élément oxydant de sa préparation, le salpêtre. Ces ingrédients, une fois mélangés, produisirent de la poudre noire*, qu'il versa délicatement dans les bambous dressés devant lui. Lorsqu'elle serait allumée, la poudre noire générerait une explosion qui propulserait les autres charges qui, sous l'effet de la déflagration, rayonneraient par incandescence*, créant ainsi un effet visuel des plus impressionnants. Phoenix confectionnait, en fait, des feux d'artifice.

Une fois les tiges remplies aux trois quarts, il confectionna des petits bouchons avec du tissu et les imprégna légèrement de poudre noire. Ces bouchons, destinés à obstruer l'ouverture des bambous, s'enflammeraient sans étouffer la mèche. Puis il retourna avec soin chacune des tiges de graminée et, prenant un autre contenant préalablement rempli des poudres de cuivre, de fer, de chlorure de sodium et de calcium, en versa le contenu à parts égales dans la vingtaine de tiges alignées. Il scella également ces ouvertures de petits bouchons de tissu. Pour finir, il glissa de longues et fines baguettes de roseaux secs dans les tiges de bambou, du côté où se trouvait la poudre noire, et les fixa grâce à des bandelettes de tissu, également saupoudrées de poudre noire.

Phoenix recula pour examiner son travail. Cela ressemblait réellement à des fusées de feux d'artifice conventionnelles, longues et cylindriques. « Me voilà maintenant artificier !… Espérons que ça fonctionne ! J'ai les ingrédients de base, mais rien ne me prouve que cela va marcher. Dommage que je manque de temps pour les tester. Je dois maintenant positionner mes petites surprises en feux croisés pour créer l'illusion d'un déploiement d'envergure… »

Le stratagème de Phoenix reposait sur la peur qu'inspirait le dieu de la Foudre, Susanoo. Selon la légende, ce génie terrifiant possédait un corps de dragon et sa queue, chaque fois qu'elle heurtait quelque chose, provoquait des étincelles qui déclenchaient des incendies détruisant tout sur leur passage. C'était là l'une des nombreuses légendes asiatiques concernant des dragons dotés de pouvoirs merveilleux, par exemple se transformer selon leur bon vouloir ou devenir invisibles et même flamboyants, pouvoirs que notre enquêteur prévoyait d'utiliser cette nuit-là.

«Nos brigands vont se retrouver face à leur pire crainte! Maintenant, je dois prévenir mes hommes, car si nos visiteurs sont superstitieux, il en va sans doute de même pour mes compagnons.»

CHAPITRE 10

Phoenix était étendu sur sa couche, à demi conscient de ce qui se déroulait autour de lui. Il s'était autorisé quelques instants de repos avant l'attaque. Plusieurs soldats étaient de garde, se relayant toutes les deux heures, prêts à donner l'alarme à la moindre anomalie. Tout était prêt dans le campement, et chaque homme savait ce qu'il avait à faire.

La nuit était froide et terriblement silencieuse : seul le hululement de la chouette venait rompre, de temps à autre, sa monotonie. La lumière de la lune presque pleine perçait les nuages, offrant un peu de visibilité aux hommes en faction. Phoenix sursauta, nerveux, aux aguets. Il lui semblait avoir perçu un mouvement près de sa tente. Attentif, il tendit l'oreille, retenant sa respiration. La certitude d'une présence, là, de l'autre côté de la toile, tenait plus de la présomption que des faits, car aucun bruit ne venait de l'extérieur. Lentement, avec des gestes mesurés, il se leva de sa couche, sur laquelle il s'était étendu tout habillé, pour se saisir de son épée, puis se dirigea à pas de loup vers l'entrée.

Yu Hi était allongé sur une couverture à même le sol froid, en travers de la bâche qui servait de porte ; il semblait dormir. Phoenix, toujours sur ses gardes, retenait son souffle, en alerte.

Lentement, il se laissa glisser vers son domestique pour le secouer doucement, tout en plaçant sa main gauche sur la bouche de l'ex-guerrier. Celui-ci redressa la tête dans un sursaut, mais aperçut aussitôt son maître qui, un index sur ses lèvres, lui signifiait de rester silencieux. Le *fûguan* comprit aussitôt la situation et se redressa lentement, tout en empoignant solidement sa hache.

Les deux hommes se regardaient en silence quand un léger bruissement se fit enfin entendre non loin d'eux. L'officier supérieur scrutait le regard de son aide de camp, subitement vif et éveillé. Cet homme déchu avait été un grand guerrier et, sous les yeux de Phoenix, il reprenait vie, se métamorphosait. Phoenix lui fit signe d'aller donner l'alerte, tandis que lui tenterait de débusquer l'intrus, probablement un des brigands. Sans le moindre bruit, Yu Hi disparut aussitôt à travers le campement avec l'agilité et la souplesse d'un félin.

Phoenix s'avança lentement, en tentant de réduire au minimum le bruit de ses pas sur les cailloux qui crissaient. «Heureusement que je porte des bottes en peau de daim, leur souplesse est un avantage. Ah! voici le gredin... Oh! il n'est pas seul!» murmura-t-il pour lui-même en prenant position.

Plusieurs minutes s'étaient écoulées, et l'enquêteur se demanda si Yu Hi était parvenu à donner l'alarme sans pour autant déclencher le branle-bas de combat dans le camp. Il jeta un coup d'œil derrière lui : ses propres hommes le regardaient fixement et attentivement, en silence, attendant son signal. Fort d'une expérience militaire évidente, l'ancien guerrier faisait preuve d'une grande efficacité sur le terrain. Il savait agir vite et avec intelligence. Phoenix se promit de faire ce qu'il pourrait pour lui permettre de retrouver son honneur perdu. L'utiliser comme esclave était une perte pour l'empire, il valait mieux que cela. C'était un homme de terrain, d'action.

Le *xiàoguan* Phoenix respira profondément, priant intérieurement pour que rien n'entrave la bonne marche des événements, avant de hurler son ordre d'attaque dans le silence de la nuit. Aussitôt, une immense confusion régna de part et d'autre. Les hommes des deux camps déferlèrent comme deux vagues qui se fondent l'une dans l'autre.

Phoenix se retourna à temps pour voir un des brigands s'élancer vers lui, une hache à la main. L'arme passa à un poil de son crâne, et l'enquêteur ressentit une grande peur lui tenailler le ventre. Par pur réflexe, il se propulsa vers le côté. La violence des attaques de l'inconnu avait de quoi figer quiconque n'était pas habitué à se battre. Phoenix roula de nouveau sur lui-même, tentant non seulement d'échapper aux assauts furieux de son agresseur, mais également de reprendre pied. La soudaineté de l'attaque ne lui avait pas laissé le temps de se positionner. Il pouvait seulement repousser son assaillant. Il sentait monter en lui une sainte colère et, dans un hurlement, il roula sur son adversaire pour le forcer à reculer, puis se releva aussi promptement pour lui asséner dans le dos un grand coup du plat de son épée.

Sans attendre la riposte, Phoenix plongea sa lame dans la cuisse droite de son adversaire, qui hurla de douleur. L'enquêteur ne souhaitait pas le tuer, mais lui faire lâcher prise et l'affaiblir suffisamment pour le ralentir. Phoenix n'était pas violent, et c'était encore moins un militaire, mais sans jamais rechercher la bataille, il savait se défendre. Il n'était pas non plus partisan de la passivité, à laquelle il préférait une défense intelligente. Son but n'était pas de faire la guerre, mais bien de résoudre une énigme. Il souffla un peu, avant de regarder autour de lui. Son adversaire était au sol, geignant de douleur, les deux mains sur la cuisse : Phoenix pouvait donc filer là où son dragon l'attendait.

Il s'élança vers le sommet d'un talus, où il avait installé sa machine à artifices. De son point d'observation, il voyait que ses hommes avaient le dessus et qu'aucun ne semblait blessé. Il remarqua tout de même des corps allongés sur le sol, blessés ou morts, des brigands assurément. Alors qu'il approchait de son aire de lancement, il sentit un étau puissant se refermer sur son épaule, jusqu'à lui faire mal au point de le mettre à genoux. Il voulut se retourner pour voir ce qui le retenait ainsi, lorsqu'il reçut un coup violent au menton et sur la joue gauche. La violence du choc lui fit perdre pied, entraînant dans sa chute l'homme qui, quelques minutes plus tôt, l'avait déjà attaqué. Phoenix comprit que l'horrible canaille l'avait suivi. Blessé, l'homme avait moins de vigueur, mais il ne lâchait pas prise pour autant.

— Peste, quelle brute! bredouilla Phoenix en plaquant sa main sur sa joue enflammée et très douloureuse.

Concentrant ses forces, l'enquêteur, qui sentait déjà l'haleine fétide de son ennemi penché sur lui, lui décocha un solide coup de coude à la mâchoire avant de le repousser de toutes ses forces. Le brigand poussa un rugissement de douleur, tandis que Phoenix, déjà relevé, le saisissait par le col et recevait en plein visage une giclée de sang. Il venait de lui casser quelques dents. L'inconnu les recrachait dans un gargouillis confus. Visiblement sonné et épuisé, il voulut se relever, mais défaillit. Phoenix en profita pour lui asséner un dernier coup de poing. Son adversaire le regarda avec de grands yeux ronds, puis s'effondra sur le sol. L'enquêteur tituba à son tour, mais se remit aussitôt en position de combat, piqué et énervé, les poings braqués comme un boxeur, en sautillant sur place. Puis il constata que son adversaire ne bougeait plus, et la tension de ses épaules se relâcha. K.-O.! Phoenix leva les bras au ciel, il avait gagné le dernier round.

— Peste! Quel sacré adversaire... Allez, dors bien, mon gros!... lança-t-il en lui tapotant l'épaule, avant de se retourner vers son engin.

La situation avait grandement évolué durant sa rixe, et Phoenix comprit qu'il était grand temps d'intervenir plus « artificiellement » lorsqu'il aperçut quelques-uns de ses hommes étendus sur le sol. Il mit feu aux mèches de lancement composées de roseaux secs, et elles s'embrasèrent aussitôt avec un crépitement caractéristique. Quelques secondes plus tard, une détonation assourdissante retentissait dans la nuit, figeant du même coup toute la scène qui se déroulait en contrebas. Un immense brasier s'alluma, suivi d'une série de pétarades que les parois des montagnes renvoyaient dans un vacarme ahurissant. Phoenix, impressionné lui-même des résultats, priait intérieurement pour que sa ruse fonctionne. Déjà, des murmures s'élevaient, bredouillages qui se transformèrent bientôt en cris et en hurlements, lorsque des éclairs de lumière projetant des jets d'étincelles bleues, jaunes, orange et dorées éclatèrent dans tous les sens, éclairant la nuit de feux multicolores.

Un épais nuage de fumée accentua l'effet fantastique et impressionnant de la scène. Même les hommes de Phoenix, pourtant au courant de la ruse, coururent se cacher, affolés, tandis que les brigands, eux, décampaient aussi vite que le pouvaient leurs pauvres jambes, abandonnant derrière eux plusieurs de leurs blessés. Phoenix éclata de rire à la vue des effets que produisait son faux dragon. En quelques instants, la bataille avait pris fin, sans trop de dégâts pour son camp. Il attendit que les derniers feux s'éteignent. Alentour, le calme était maintenant revenu. Phoenix ne percevait plus aucune trace des brigands qui, pensa-t-il le sourire aux lèvres, devaient courir encore, se croyant poursuivis par un dragon enragé, par Susanoo, le dieu de la Foudre en personne !

Rassuré et satisfait, il redescendit la colline, tout en tâtant sa joue douloureuse et enflammée, pour rejoindre ses hommes qui sortaient tranquillement de leur cachette de fortune, peu convaincus par le retour au calme et apparemment circonspects.

Le spectacle pyrotechnique qu'il venait de leur offrir les avait grandement marqués, c'était évident. Phoenix devinait qu'ils en parleraient longtemps dans les foyers. Il savait également que cet exploit parviendrait aux oreilles de l'empereur et qu'il devrait rendre des comptes. En effet, si les feux d'artifice ne seraient pas inventés par les Chinois avant quelque temps encore, son intervention prématurée dans l'Histoire allait assurément lancer les recherches dans cette voie. La poudre noire serait peut-être inventée un peu plus tôt que prévu. Même si l'enquêteur n'avait pas le droit de modifier l'Histoire, il pouvait jouer sur quelques éléments de celle-ci, quand ceux-ci étaient contemporains. « Faire apparaître un peu plus tôt la poudre noire n'aura probablement pas de conséquences sur l'avenir. Les guerres auront de toute manière lieu, quoi qu'il arrive ! » conclut tristement l'enquêteur en se dirigeant vers les quelques blessés qui gémissaient.

Parmi les corps étendus, il y avait ceux de plusieurs brigands blessés, mais ils étaient en état de poursuivre le voyage avec eux. Phoenix décida qu'ils seraient remis au chef mongol Toumàn comme présents, lors des négociations pour l'entente de paix. Recherchés des deux côtés des empires, leur tête était mise à prix, et leur sort, peu enviable.

Le reste du voyage se déroula sans encombre, et peu à peu, les récits de l'apparition du dragon prirent des teintes de plus en plus fantastiques. Dans certaines versions, Phoenix, homme-oiseau envoyé sur terre, avait lui-même enfanté le dieu de la Foudre, Susanoo, pour le dompter et le forcer à lutter à leurs côtés, alors qu'ils étaient attaqués par des hordes de brigands !

L'enquêteur ne se lassait pas d'entendre les diverses interprétations auxquelles avaient donné lieu, en si peu de jours, une simple défense et quelques feux d'artifice.

« C'est ainsi que naissent les légendes ! » conclut-il.

CHAPITRE 11

La rencontre entre les émissaires des deux empires et les négociations se déroulèrent sans anicroche. Pendant que le ministre des Affaires extérieures Chang-Lin et les autres ambassadeurs menaient les pourparlers avec Toumàn, Phoenix en profita pour faire le point sur son enquête.

« Dès mon retour, je dois retrouver mon médaillon, se dit-il. Autrement, il me faudra attendre que le SENR m'envoie quelqu'un. Cela fait plus d'une semaine maintenant qu'ils n'ont pas eu de mes nouvelles, et je ne serais pas surpris de découvrir, à mon retour à la cité impériale, que quelqu'un a été envoyé à ma recherche. L'ordinateur central a certainement détecté que le médaillon ne se trouve plus entre mes mains et qu'il est assurément égaré. Mais grâce aux capteurs de mouvements, il est certain qu'ils savent où il se trouve. »

Phoenix caressa sa joue encore sensible et légèrement bleutée. « Pour le mausolée de l'empereur, je ne suis guère avancé. Bien que j'aie approché de près le monarque, je peux dire que celui-ci ne se confie pas facilement. Il est sur la défensive et très soupçonneux, je dirais même paranoïaque... Après tous les attentats dont il a été victime, comment ne pas l'être? À trop opprimer les autres, il faut s'attendre à en payer le prix. Il doit se sentir bien seul en haut de sa tour d'ivoire. Je dois tenter d'en savoir plus par l'entremise de Keng-Li. C'est son médecin depuis l'enfance, et il est probablement le seul à partager ses pensées et ses désirs, à le connaître parfaitement. S'il y a quelqu'un qui peut me renseigner sur notre bonhomme, c'est bien lui. Les affinités que nous avons et l'amitié spontanée qui nous lie depuis notre rencontre, voilà mes deux portes d'accès aux pensées secrètes de l'empereur… »

Phoenix arpentait les quelques mètres carrés de sa chambre. Celle-ci confortable, mais sommaire, était agrémentée de coffres et d'une couche de tapis orientaux colorés et épais qui recouvraient le plancher et les murs. Une large ouverture s'ouvrait sur l'extérieur. Phoenix logeait dans une des ailes réservées aux visiteurs donnant sur un immense jardin artificiel. Les plantes qui, en été, devaient s'y épanouir n'étaient pas de la région : on les avait apportées ici dans le but de créer un endroit rempli de charme et plutôt insolite dans ce désert rocailleux. Le palais de Toumàn se trouvait en effet en plein cœur d'un *reg** totalement dénué de végétation. L'été, lorsqu'on passait les lourdes portes de l'enceinte, le contraste était saisissant. Le palais se perdait dans une verdure exagérée. Ici, dans les jardins presque endormis, un monde différent mais tout aussi enchanteur s'offrait aux visiteurs, qui découvraient les fontaines et les immenses volières spécialement exécutées pour le plus grand bonheur de la maîtresse des lieux, originaire d'une région méridionale et plus accueillante. Phoenix détailla pendant un long moment l'endroit, ravi de découvrir des lieux dignes des contes les plus fantastiques.

« Ce doit être magnifique quand tout est en fleurs. Faustine adorerait… Faustine… » Le regard de Phoenix se perdit vers l'horizon, lorsqu'un détail lui revint en mémoire. Les préoccupations qu'il avait eues ces derniers temps lui avaient presque fait oublier ses appréhensions sur une éventuelle filature. Il se rendit compte qu'il n'avait plus ressenti ce malaise depuis qu'il était parti en mission pour l'empereur. Bien au contraire, il avait plutôt éprouvé une grande liberté de mouvement.

« Celui qui me suivait ne fait visiblement pas partie de la délégation, il est donc demeuré à la cité impériale, pensa Phoenix en fronçant les sourcils et en hochant la tête. Il doit probablement s'agir d'un militaire ou d'une personne haut placée. Il y a assurément un lien entre cette surveillance et les tensions qui règnent à la cour, et les unions qui se tramment entre les divers partis contre l'empereur. Comme je suis devenu un proche de l'empereur, on doit se méfier de moi et me tenir à l'œil... Surtout avec cette stupide rumeur qui court sur ma supposée filiation avec le roi. Cette filature a-t-elle un lien avec le successeur de l'empereur ? Selon l'Histoire, Ying Hu Hai, un des fils de Qin, un pantin aux mains des conspirateurs, prendra le pouvoir en parvenant à dérober le sceau de jade* à son frère fraîchement décédé, le successeur naturel désigné par le monarque. Si je me souviens bien, ce frère recevra une fausse missive, prétendument envoyée par l'empereur en voyage, lui intimant l'ordre de se suicider... Le sceau de jade étant le symbole de la suprématie de l'empire, ce Ying Hu Hai prendra le trône même si l'empereur ne l'a pas désigné comme héritier. La durée de son règne sera courte, car il se fera à son tour assassiner. Et c'est son propre fils qui lui succédera... Mais pour l'instant, il faut que je démêle cette histoire de filature. J'ai hâte de rentrer et de régler toute cette affaire ! Je n'aime pas beaucoup l'idée d'être au cœur des intrigues de la cour et des enjeux de pouvoir ! »

— J'ai lu le rapport de mes ministres sur votre attaque et sur la façon dont vous avez réglé le sort de ces brigands, *xiàoguan* Phoenix. Très impressionnant, quoique quelque peu démesuré, ou plutôt… trop fantastique ! Quelle histoire ! Selon eux, vous auriez engendré un dragon qui aurait terrassé ces crapules, rien de moins !

L'empereur fixait attentivement Phoenix, le sourcil gauche relevé en accent circonflexe, l'œil incrédule.

— *Kejing Huangdi*, vous savez, tout comme moi, comment quelques tours de magie peuvent paraître fantastiques aux yeux des naïfs, surtout quand ils n'en connaissent pas les secrets !

Lorsqu'il se trouvait en tête-à-tête avec l'empereur, Phoenix n'avait plus besoin d'utiliser de phrases alambiquées pour lui adresser la parole. Et il appréciait grandement cette facilité d'approche, tout en étant conscient de l'immense privilège que lui accordait le monarque.

L'empereur opinait de la tête : le fait que l'officier le prenne à témoin de l'innocence de certains le plaçait automatiquement dans l'autre camp, celui de ceux qui ont tout compris. Les rois, mais pas seulement eux, n'aiment pas passer pour des idiots qui ne comprennent rien. La légèreté avec laquelle Phoenix avait parlé de simples tours de magie obligeait Qin Shi Huangdi à ne pas s'appesantir sur le sujet. Mais loin d'être stupide, l'empereur comprit également par ces quelques phrases que son officier ne lui dirait rien. Ce constat l'énervait quelque peu, et il tenta tout de même de le sonder. Après tout, ses ministres n'étaient pas tous des imbéciles, et ils ne se laissaient pas facilement berner. Il y avait à la cour de grands magiciens qui avaient l'habitude de voir des tours spectaculaires. Ce qu'on lui avait décrit était si incroyable que cela dépassait de beaucoup ce que tous avaient vu au cours des prestations de ces faiseurs d'illusions. L'empereur s'interrogeait sur le rapport qu'il lui avait été fait, mais l'officier qui lui faisait face ne semblait pas s'en inquiéter. Pourquoi le ministre Phoenix refusait-il de lui dévoiler ses tours de passe-passe, qui semblaient si bien fonctionner ?

Ce jeune homme était si étrange que l'empereur doutait parfois de lui, mais le personnage le fascinait. Il lui cachait des choses, certes, mais Qin Shi Huangdi était persuadé qu'elles n'étaient pas liées à sa propre sécurité. Phoenix ne recherchait pas le pouvoir – l'empereur percevait toujours chez les autres cette convoitise –, non, son officier cherchait autre chose. Mais quoi ?

Constatant son incapacité à répondre à cette interrogation et devant l'impassibilité de son ministre des Armées, Qin Shi Huangdi haussa les épaules avant de relancer la discussion sur un autre sujet. Il trouverait bien la vérité ailleurs, il ne manquait pas de moyens. Si le pouvoir d'engendrer des dragons existait, il se l'approprierait, quel qu'en soit le prix. Après tout, il était l'empereur, le représentant des dieux sur terre, le souverain qui avait le mandat de gouverner le monde.

* * *

— J'ai entendu parler, comme tout le monde d'ailleurs, de vos exploits, *fù* Phoenix.

— Oh ! *Shi* Keng-Li, vous qui êtes un homme de science, vous ne croyez tout de même pas à ces sornettes… Engendrer un dragon… lança l'enquêteur en secouant la tête, tout en éclatant de rire.

Mais le vieux médecin ne riait pas, bien au contraire. De ses yeux plissés, il détaillait le jeune homme avec un grand intérêt. Phoenix semblait le fasciner, tout comme c'était le cas de l'empereur, et ce, depuis les premiers instants de leur rencontre.

— La nature nous offre certains éléments qui, lorsqu'ils sont bien utilisés et combinés dans de bonnes proportions, peuvent devenir de formidables composés, dit Keng-Li. J'ai déjà vu, lors de mes nombreux voyages, se produire des phénomènes naturels fort impressionnants. La nature a parfois de surprenantes créations. Vous qui semblez versé dans les sciences et devez connaître quelques-uns de ces composés...

Phoenix le regardait, les yeux rieurs, à la fois amusé et impressionné par la perspicacité du vieux médecin.

— Je connais, tout comme vous, certains secrets des éléments, répondit Phoenix, et je sais, tout comme vous, en manipuler quelques-uns. Nous détenons tous certains pouvoirs, infimes certes, sur les choses et sur les êtres. Vous, vous êtes le confident du roi, et moi, celui de quelques découvreurs. Leurs secrets nous sont confiés à nous parce que nous pouvons tenir notre langue.

Phoenix sentait qu'une partie serrée se jouait entre lui et le vieil apothicaire. Il devait entrer plus loin dans les bonnes grâces du médecin, quitte à lui dévoiler les secrets de la poudre noire en monnaie d'échange. Il comprenait que ce savoir ne servirait qu'à satisfaire la curiosité scientifique du vieil homme et qu'à son âge il ne cherchait plus la reconnaissance ni la gloire.

— Et en quoi les secrets de l'empereur vous intéressent-ils, *fù* Phoenix? demanda le vieil homme, en caressant sa longue barbe blanche finement tressée.

— Ai-je dit que ses secrets m'intéressaient?

— On peut dire ça comme ça...

L'homme se déplaça lentement vers l'une des fenêtres ouvertes sur un splendide jardin, où une petite cascade d'eau se faisait entendre.

— Une telle éventualité pourrait m'amener à me demander si notre rencontre n'était pas mûrement planifiée, ajouta-t-il.

— Vous savez, *shi* Keng-Li, je suis très impressionné par la vision, disons, très juste que vous avez des choses et des gens !

— Oh ! C'est le fruit de nombreuses années d'expérience, *fù* Phoenix... En revanche, malgré votre jeune âge, vous possédez également une grande connaissance des êtres et de la nature...

— Oui, je crois que j'ai également de la pratique dans le domaine... Disons que j'ai commencé très tôt. La nature, quelle qu'elle soit, me passionne. Il suffit d'ouvrir les yeux pour en lire les secrets.

Phoenix adorait discuter avec le vieux médecin. Cette conversation sous forme de paraboles était un nouveau ravissement pour l'enquêteur. Le vieil homme le scruta un moment.

— Que voulez-vous savoir sur l'empereur ?

La question était directe, mais Phoenix n'en fut pas déstabilisé : depuis qu'il connaissait le vieillard, il avait appris que l'honnêteté était une qualité qu'il recherchait, tout comme l'empereur, d'ailleurs. Il hésita cependant une seconde avant de répondre, le temps de bien soupeser la question :

— Je veux connaître les raisons personnelles que l'empereur a d'ériger un mausolée d'une telle importance. Pourquoi reproduire toute son armée et sa cour avec un tel souci du détail ? Pourquoi Qin Shi Huangdi a-t-il aussi peur de mourir ?

Keng-Li s'éloigna lentement du rebord de la fenêtre où il se tenait toujours, puis alla vers la porte et l'ouvrit.

— Veuillez sortir de chez moi, *fù* Phoenix.

L'enquêteur resta interdit pendant un instant. Il se leva pour partir, et c'est seulement arrivé à l'extérieur qu'il se ressaisit enfin. Se retournant vers le vieux professeur, il tenta de se racheter.

— Je ne cherche pas à nuire à l'empereur, *shi*... Je ne suis pas son ennemi, je souhaite seulement connaître ses motivations... rien d'autre.

— Et pour quelle raison ? demanda le vieux médecin.

Phoenix hésita avant de lâcher :

— Pour l'Histoire, *shi* Keng-Li, pour l'Histoire...

Voyant que Keng-Li s'obstinait dans son silence, l'enquêteur s'éloigna de sa demeure, déçu et quelque peu dérouté. Le vieil apothicaire regarda le jeune homme s'éloigner, jusqu'à ce qu'il disparaisse de sa vue. Il referma lentement la porte derrière lui, tout en caressant sa longue barbe blanche finement tressée. Un sourire vint allonger ses lèvres minces.

« Mais qui es-tu donc, jeune Phoenix ? Pour l'Histoire... À ton âge, que t'importe l'Histoire, et en quoi cela te concerne-t-il ? »

Souriant, Keng-Li plongea sa main osseuse dans une de ses poches. Il en ressortit un collier, un simple coquillage retenu par un cordon de cuir.

CHAPITRE 12

Phoenix fixait l'horizon, le regard tourné vers les montagnes qu'il avait quittées quelques jours auparavant. Son visage était inquiet, ses mains trituraient les brides de son cheval. Il assistait à une inspection militaire et en suivait le déroulement d'une oreille distraite. Rien n'allait plus, et il se sentait bien seul dans cet espace-temps. Il n'avait toujours pas retrouvé son précieux médaillon et éprouvait la désagréable sensation d'être égaré. Dans les faits, il l'était, puisqu'il n'était pas dans son époque et n'avait aucun moyen d'y retourner. De plus, il était en froid avec la seule personne qui aurait pu faire avancer son enquête. L'enquêteur ne pouvait qu'admettre qu'il n'avait pas avancé d'un iota dans ses recherches depuis son arrivée, et ce constat le démoralisait.

De plus, le SENR n'avait visiblement pas envoyé d'agent à sa rescousse, ce qui le troublait également. Savait-on, chez lui, au XXIe siècle, qu'il se trouvait dans un tel pétrin ?

« Peste ! Le vieux médecin m'a bien eu ! Il a su me faire parler en toute confiance, le vieux renard… En attendant, je m'embourbe… Je dois impérativement remettre la main sur mon médaillon, et je verrai ensuite. Si le SENR n'a envoyé personne, c'est probablement parce que les gens de la direction ont leurs raisons. Je dois me débrouiller seul et je dois agir maintenant. Si *shi* Li Lin n'a pas retrouvé mon médaillon, qui a bien pu mettre la main dessus ? »

Phoenix plissa les yeux, en signe de réflexion, tandis qu'à ses côtés un sous-officier hurlait des ordres aux soldats, quand soudain son visage s'illumina : « Xindi ! » s'écria-t-il. Le sous-officier lui jeta un regard étonné.

*   *   *

La jeune fille gratifia d'un sourire le marchand de fruits et légumes qui déposait dans son panier deux gros rhizomes d'igname, des litchis et des mandarines. Ils échangèrent quelques paroles avant qu'elle se dirige vers le marchand de poisson. C'est là que Phoenix s'approcha d'elle.

— Xindi !

— Oh, *fù* Phoenix ! bredouilla-t-elle avant de le saluer avec soumission, les joues se teintant de rouge. Je suis heureuse de vous revoir…

— Moi également, Xindi, je souhaitais te voir…

La jeune fille le regardait anxieusement, soudain inquiète qu'un officier de l'empereur cherche à la voir. Phoenix fronça les sourcils d'un air étrange. Pourquoi la jeune fille était-elle si nerveuse tout à coup ? Ne désirant pas l'effaroucher, il lui décocha son plus charmant sourire.

— Sois tranquille, Xindi, je ne suis pas là pour te créer des ennuis. Je souhaite te parler de quelque chose… Je pense, du moins je l'espère, que tu pourras m'aider…

La jeune fille, dont les yeux noirs étaient inquiets, acquiesça de la tête, invitant ainsi l'enquêteur à poursuivre.

— Xindi, je cherche mon pendentif, que j'ai probablement perdu lorsque ton père, *shi* Li Lin, exécutait le moulage de mon visage… Tu t'en souviens? L'aurais-tu trouvé, par hasard?

— Oui, *fù* Phoenix, lança-t-elle dans un sourire, c'est moi qui l'ai trouvé lorsque vous êtes parti. Il a dû tomber de votre main lorsque vous vous êtes endormi…

Phoenix poussa un profond soupir, soulagé et heureux que son précieux médaillon ne soit pas perdu.

— Puis-je le récupérer, Xindi? Je sais qu'il paraît bien ordinaire, mais j'y tiens énormément. Tu comprendras, j'en suis certain, en apprenant que c'est un présent de ma mère!

— Oh! je comprends tout à fait, *fù* Phoenix, j'ai perdu ma mère lorsque j'étais enfant, dit la jeune fille, dont le regard se voila le temps d'une pensée. Mais je n'ai plus votre collier, je l'ai donné à *shi* Keng-Li pour qu'il vous le rende, parce qu'il m'avait annoncé qu'il vous verrait le jour même… Il me l'a dit… nous sommes également des amis!

Phoenix ouvrit la bouche sur une grimace.

«Peste, voilà bien ma chance! Le vieux médecin l'avait donc lorsque nous nous sommes vus… Intéressant. Pourquoi ne me l'a-t-il pas remis à ce moment-là?»

— J'ai bien vu, *fù* Phoenix, que vous teniez beaucoup à ce pendentif, voilà pourquoi j'ai tout de suite couru le porter chez *shi* Keng-Li, car je ne savais pas où vous trouver. Ai-je commis une erreur?

Voyant le regard inquiet de la jeune fille, il se força à sourire.

— Non, non, ne t'inquiète pas, répondit-il en souriant à la jeune fille, tu as bien fait, Xindi, et je t'en remercie… C'est très bien, Xindi, tu es très gentille, dit-il en posant sa main sur la délicate épaule de la jeune fille. Je dois partir maintenant… À bientôt!

Phoenix s'éloigna rapidement, sans voir que la jolie Xindi, le regard rêveur mais inquiet, le suivait des yeux jusqu'à ce qu'il disparaisse au détour d'une rue.

* * *

— *Kejing shi* Keng-Li, vous avez quelque chose qui m'appartient.

Phoenix se tenait devant la porte d'entrée de la demeure cossue du médecin, sise hors de l'enceinte du palais. Le vieil herboriste avait toujours souhaité demeurer disponible pour tous. Il prétendait qu'habiter au palais l'isolait du monde, de la vraie vie. Il était demeuré fidèle aux gens simples, à ses origines modestes, et n'hésitait pas à offrir ses soins à ceux qui venaient le voir. Et ils étaient nombreux. Plusieurs considéraient même l'apothicaire comme un saint homme. L'empereur n'appréciait pas cette décision et ne comprenait pas cet entêtement à vouloir soigner les plus petits, mais il le tolérait, non sans lui en faire régulièrement le reproche. Le vieux guérisseur était un des très rares personnages de l'entourage du roi à avoir le droit d'exprimer ses idées et ses préférences, et il en était respecté de tous. Il était également un des rares à pouvoir lui tenir tête, sans craindre de la perdre! L'empereur Qin Shi Huangdi considérait le vieil apothicaire comme un ami fidèle, et ce lien existait depuis sa prime jeunesse. Jamais le vieux médecin ne l'avait trahi, et jamais il n'avait outrepassé ses droits à l'égard du monarque : c'était probablement les deux raisons qui lui assuraient la liberté de penser et d'agir à sa guise.

— Ah, *fù* Phoenix! Je vous attendais! lança-t-il d'une voix un peu cassée, mais les yeux pétillants et remplis de vitalité.

126

L'enquêteur leva des sourcils étonnés. Le médecin ne l'avait-il pas jeté hors de chez lui lors de leur dernière rencontre?

— Entrez! À voir votre tête on dirait que vous êtes surpris!

— Ne devrais-je pas l'être? La dernière fois que nous nous sommes vus, vous m'avez mis dehors.

Le ton de Phoenix était plus acerbe qu'il ne l'aurait souhaité réellement. Mais il n'est jamais agréable d'être traité comme un manant, et son orgueil en avait pris un coup.

— Oh, ne faites pas la tête, je suis un vieil entêté qui se méfie parfois des intentions des autres. N'y voyez rien de personnel, j'ai moi aussi mes travers. N'oubliez pas que je vis à la cour depuis plusieurs décennies; j'en ai vu, des intrigues et des intrigants! Je ne me méfie pas pour moi, mais bien pour Lui.

Phoenix comprit que le médecin faisait référence à l'empereur.

— Après votre départ, j'ai eu quelques remords, je dois l'avouer, concéda le vieil homme en se grattant la tête. Vous êtes quelqu'un d'honnête, et je n'aurais pas dû douter de vous et de vos intentions qui, après réflexion, me semblent honnêtes. Vous m'en voulez toujours?

Les yeux du vieil homme exprimaient un peu de moquerie.

— Comment peut-on vous en vouloir longtemps! s'exclama Phoenix en lui prenant les deux mains et en les serrant avec sincérité.

— Venez, venez... Nous allons boire un bon thé et discuter...

— Je veux bien, mais avant, *shi* Keng-Li, je crois que vous avez quelque chose qui m'appartient.

Les yeux du vieil herboriste se fendirent sous ses épais sourcils blancs, au point de presque disparaître.

127

— Vous y tenez beaucoup à cette breloque, n'est-ce pas ?

Phoenix opina de la tête avant de dire :

— Oui, c'est un présent de ma mère.

L'enquêteur trouvait que cette réponse, ce pieux mensonge, comme il aimait le penser, le mettait à l'abri de toute question indiscrète. Qui s'inquiéterait d'un présent aussi banal, qui plus est, offert par une mère aimante ? La simplicité de cette réponse l'innocentait automatiquement et personne n'oserait la remettre en question.

Le médecin fouilla dans sa poche pour y puiser le précieux coquillage, qu'il tenait par le cordon.

— Le voici…

Phoenix s'en saisit, réellement soulagé, oubliant aussitôt ses inquiétudes et son sentiment d'oppression. Soudain, il se sentit plus léger, plus libre et moins angoissé. Le médecin le regardait, amusé, tout en lissant sa longue barbe blanche entrelacée de fils de soie.

— Alors, *fù* Phoenix, comment se déroule votre vie à Xianyang ?

L'homme venait de prendre place sur un épais coussin de soie verte et, d'un geste de la main, convia Phoenix à l'imiter. Puis il claqua des mains. Une femme d'un certain âge apparut presque immédiatement, portant un plateau où reposaient une théière d'argile sableuse d'un beau brun-rouge, provenant d'un village maritime spécialisé dans la poterie, et deux gobelets de terre cuite de même facture, décorés de poissons extraordinaires.

— *Fù* Phoenix, je vous présente ma femme, Tentei…

La femme, encore très belle, était revêtue d'une longue tunique rouge brodée de minuscules fleurs blanches et roses ; elle avait les cheveux relevés en chignon et retenus par quelques peignes de nacre et d'un *xi* en or, et le visage légèrement maquillé de blanc. Elle salua l'enquêteur, non avec soumission, mais avec respect et attention.

— Vous êtes surpris, je le vois, de me savoir marié et de voir ma femme me servir comme une simple domestique... Oh, ne vous inquiétez pas, elle le fait par plaisir, je ne lui demande absolument rien. Tentei est une ancienne esclave que j'ai rachetée pour lui offrir la liberté. Elle était libre de faire ce qu'elle voulait, mais elle a préféré demeurer à mes côtés ; je l'ai donc épousée. Ainsi, elle jouit de meilleures conditions de vie. Dans notre société, une femme non mariée est une femme perdue, dit-on. Je trouve ce dicton stupide, mais que voulez-vous, je suis et je resterai probablement un des rares à penser ainsi. Je suis partisan de l'équilibre des sexes et des groupes sociaux. Au cours de ma très longue vie, j'ai souvent rencontré des femmes bien plus intelligentes que des hommes, plus humaines et surtout plus perspicaces. Tentei en est un exemple parfait. J'ai le plus grand des respects pour elles. Vous, mon très cher ami, qui possédez d'énormes connaissances, devez également reconnaître qu'elles ne nous sont inférieures en rien.

Keng-Li se pencha alors vers l'enquêteur, pour lui confier à voix basse :

— Que cela reste entre nous, cher Phoenix, mais j'ai un côté très confucéen... N'en parlez surtout pas à l'empereur, il éprouve quelques difficultés avec cette philosophie... Il me ferait couper la tête ! conclut Keng-Li en riant.

Phoenix sourit franchement. Il appréciait de plus en plus ce vieillard.

— Oui, *shi*, je partage tout à fait votre opinion. Et n'ayez crainte, jamais je n'en soufflerai mot à personne. J'ai également énormément de respect pour les femmes, que j'admire.

Tentei les observait de ses magnifiques yeux en amande, silencieuse et digne. Elle s'adressa à Phoenix d'une voix particulièrement douce :

— Keng-Li m'avait bien dit que vous étiez quelqu'un de bien et d'intelligent, *fù* Phoenix. Il a toujours su juger les gens.

Elle le salua de nouveau avant de disparaître derrière un paravent de bambou, sous les yeux éperdument amoureux du médecin, qui arborait un sourire rempli de tendresse.

— Je suis heureux, cher ami, que nous nous soyons réconciliés, car j'apprécie énormément votre compagnie. Vous me manquerez…

L'enquêteur fronça les sourcils, inquiet des paroles du vieux médecin.

— Je vous manquerai ? Vous partez quelque part, *shi* Keng-Li ?

— Oh ! Moi, non. Je suis maintenant beaucoup trop vieux pour aller où que ce soit. Si ce n'est, bien sûr, pour mon dernier voyage, mais ce n'est pas là le sujet qui nous préoccupe ! Je parlais de vous, *kejing*. Je me doute bien que vous ne resterez pas parmi nous de nombreuses années. Votre vie est ailleurs. Le jour viendra où vous souhaiterez rentrer chez vous. C'est naturel !

Phoenix songea que le vieil homme avait tout à fait raison. Déjà sa vie lui manquait, et il se surprenait souvent à penser à ce qui l'attendait chez lui, à Faustine et à sa vie quotidienne, à son époque. Un peu comme lorsqu'on rentre chez soi après un long voyage. On y revient avec plaisir et satisfaction. Les paroles du vieux maître lui semblaient très sensées, mais il ne répondit pas, préférant changer de sujet.

Lorsque Phoenix quitta la demeure du médecin, à la nuit tombée, ce fut pour découvrir des rues désertées et sombres, mouillées par une averse aussi subite que glaciale. Frissonnant sous l'humidité, l'enquêteur ajusta son vêtement pour mieux s'isoler. Les rares personnes qui croisaient son chemin étaient, elles aussi, pressées de rentrer, et elles marchaient une lanterne à la main pour éclairer leur chemin. Tout en empruntant les petites rues menant à son logement, Phoenix regardait régulièrement autour de lui, tâtant de temps à autre son médaillon solidement accroché à son cou, satisfait et rassuré.

Depuis son retour de la Mongolie, il n'avait pas perçu la présence continuelle qu'il avait ressentie dès les premiers instants de sa mission, cette impression étrange d'être observé. Il en était même venu à se dire qu'il avait probablement imaginé cette filature.

L'enquêteur avait discuté une partie de la soirée avec Keng-Li, appréciant avec gourmandise les petites gâteries qu'apportait régulièrement Tentei. Pendant un moment, elle avait même pris place avec eux, offrant à Phoenix un récital privé. Le dos droit, assise en position *ji*, Tentei avait déposé sur ses cuisses un *zheng*, une sorte de luth à seize cordes, à la sonorité douce. Elle pinçait les cordes avec art et chantait divinement, d'une voix haute et cristalline. «Comment n'aurais-je pas succombé à son charme?» songea l'enquêteur en repensant à cette soirée.

Arrivé dans une ruelle, à quelques pas de chez lui, Phoenix fit lentement un tour complet sur lui-même, avant de s'enfoncer plus loin dans un recoin envahi par la noirceur. Il attendit quelques secondes, l'oreille tendue, s'assurant que personne ne traînait dans le coin.

— Entrée en fonction, Politeia.

Aussitôt, une lumière diffuse et verdâtre apparut. L'hologramme souriait, et cette douceur ajouta à l'apaisement de l'enquêteur.

— Phoenix, heureuse de te revoir! lança d'une voix légèrement synthétisée la réplique de Faustine.

— Peux-tu activer la fonction détecteur de mouvements? Nous sommes dans une ruelle, et n'importe qui peut nous découvrir.

— C'est fait.

— En premier lieu, je voudrais savoir pourquoi le SENR n'a pas envoyé d'agent à ma recherche.

— Le Service a jugé que c'était inutile. Selon les données captées chez nous, tu avais perdu ton médaillon. D'après les messages d'ambiance que nous recevions, tu n'étais pas en danger. La jeune fille qui a trouvé ton médaillon s'est tout de suite rendue chez le médecin Keng-Li, qui lui a dit que tu venais de partir en mission en Mongolie. Sachant cela, il était inutile d'envoyer un autre agent. Le SENR voulait attendre que tu reviennes de cette mission. Si tu n'avais pas retrouvé le médaillon, d'ici quelques heures un agent de liaison aurait été envoyé pour te retrouver.

— Oui, je vois. Et si j'avais été en danger? lança-t-il d'un un air boudeur, visiblement déçu de voir qu'on s'inquiétait si peu de son sort, mais ravi de ne pas avoir eu affaire à un autre agent au cours de son enquête.

— Le Service l'aurait su tout de suite. N'oublie pas que tu portes constamment une puce. Cet implant nous informe continuellement de ta condition physique. L'accélération de ton pouls et les coups que ton corps encaissait nous ont permis de savoir que tu te battais. Au moment même où tu subissais ces assauts, ton implant a révélé de petites lésions sans conséquence à ta mâchoire et à tes côtes.

— Hum!

Phoenix fronça les sourcils, un peu déçu.

— Nous ne t'aurions pas abandonné, cher Phoenix, tu es un de nos meilleurs agents ! Nous gardions un œil sur toi. Et puis, n'es-tu pas apte à te sortir de n'importe quelle situation ? Nous avons une entière confiance en toi et en tes compétences.

— La flatterie ne te mènera nulle part, Politeia !

L'enquêteur fit mine de regarder ailleurs, l'air boudeur, mais après un bref instant de silence, retrouvant son sérieux, il changea de sujet pour faire un rapport détaillé de ses conclusions, qui se réduisaient en fait à bien peu de chose.

— Je sais, par le médecin Keng-Li, que ce dernier voit le roi tous les jours, matin et soir, seul, en tête-à-tête, pour l'ausculter et s'entretenir de plusieurs sujets. L'empereur craint continuellement pour sa vie, et sa double rencontre quotidienne avec le vieux médecin semble le rassurer sur son état de santé. À titre de ministre des Armées, j'ai appris que l'empereur reçoit tous les jours des rapports témoignant de nombreux complots avortés contre sa personne. Il paraît même qu'il dort dans une chambre différente chaque nuit afin de déjouer toute attaque, et que personne n'en connaît le lieu jusqu'à la dernière minute. C'est probablement pour cette raison que le palais compte pas moins de cinq cents chambres ! J'ai la vague impression que cette peur constante des attentats a un lien avec la construction du mausolée.

— Il faut que tu assistes en cachette à l'une de leurs rencontres, car c'est bien par Keng-Li, son médecin personnel, également son confident et ami, que tu parviendras à découvrir quelque chose, affirma l'informatrice.

— Oui, il est un des rares à qui l'empereur fait entièrement confiance. Les espionner est effectivement le seul moyen de découvrir les intentions de l'empereur, puisque le vieil herboriste prend son rôle de confident très au sérieux ! Jamais, bien que nous soyons devenus très proches, il ne me confiera les pensées de Qin Shi Huangdi. Et l'empereur, qui m'estime pourtant beaucoup, je le sens bien, n'est pas prêt à s'ouvrir à moi, du moins sur certains sujets.

— En résumé, tu es bien aimé des deux hommes, mais pas encore assez pour qu'ils te fassent des confidences, conclut l'hologramme.

— Il est vrai que nos liens sont très récents. On ne se confie pas aussi rapidement à quelqu'un, même si cette personne nous paraît sympathique. Il me faudrait des mois, voire des années, avant d'obtenir ce privilège... Non, je dois trouver un autre moyen. Tu as raison, je dois les espionner...

Phoenix tapotait le nœud de sa ceinture de soie, perdu dans ses pensées, tandis que Politeia attendait silencieusement la suite. Jetant un coup d'œil autour de lui, il enchaîna :

— C'est étrange, tout de même, cette sensation d'être suivi que j'ai eue pendant plusieurs jours, et ce, depuis mon arrivée. Mais depuis mon retour de Mongolie, plus rien. Tu ne détectes rien d'anormal ?

— Non, tout est calme.

— Hum, étrange ! Je ne suis pourtant pas fou... Mon instinct ne me trompe jamais ! Bon, nous verrons cela plus tard. Pour l'instant, j'ai l'intention de me rendre cette nuit même à la fameuse tombe de l'empereur. Peut-être y découvrirai-je quelque chose d'intéressant.

CHAPITRE 13

Vêtu d'un large pantalon et d'une longue veste foncés, Phoenix se faufila entre les arbres après avoir attaché son cheval à quelques mètres de là. Il scrutait la nuit, attentif aux moindres bruits, aux moindres mouvements. Car s'il y avait une chose dont il était sûr, c'est qu'il ne devait pas être découvert : il lui serait bien difficile de justifier sa présence dans le chantier royal. La construction du mausolée était tenue secrète et ses accès, limités. Seuls les maîtres de chantier, les ingénieurs et les architectes, les esclaves et les artisans pouvaient y pénétrer, et ce, grâce à un sauf-conduit. Comment expliquer que lui, le ministre des Armées, puisse se trouver dans ces lieux en plein milieu de la nuit ? Sa présence aurait de quoi susciter des interrogations et assurément beaucoup de méfiance !

Le chantier étant gardé nuit et jour par une kyrielle de gardes armés, l'enquêteur dut faire preuve d'une grande vigilance, de beaucoup de patience et de toute l'assistance de Politeià pour pouvoir pénétrer dans les lieux sans être repéré et s'y orienter sans perdre de temps.

La sépulture se trouvait sous terre, à près de sept mètres de profondeur. De larges marches creusées à même le sol menaient au chantier. Phoenix savait à peu près à quoi s'attendre, il connaissait les plans des lieux pour les avoir étudiés avant de quitter son époque. Et il connaissait aussi les grandes lignes de ce surprenant édifice : le mausolée, une fois totalement terminé, couvrirait près de soixante kilomètres carrés, et la future tombe de l'empereur se trouvait directement sous le mont Li.

Il avait lu d'étonnantes descriptions du tombeau, notamment celle faite par Sima Qian, le premier historien chinois à en parler dans ses *Mémoires historiques*, celui-là même que l'enquêteur avait déjà rencontré et qui n'était encore qu'un enfant. Phoenix la jugeait plutôt romantique, car l'historien évoquait des rivières de mercure s'écoulant autour du tombeau de l'empereur. Maintenant qu'il connaissait le personnage, Phoenix jugea que Sima Qian avait beaucoup d'imagination, comme l'avait mentionné l'ingénieur Chen Kuo. « Des rivières de mercure… Rien que ça ! » marmonna Phoenix en continuant à descendre les marches avec vigilance.

Au bout d'un long couloir, il déboucha dans une première salle, immense, et s'arrêta net. Devant lui, une armée de soldats, des archers, parés à l'attaque, braquaient dans sa direction des arcs et des arbalètes armés. À la lumière des quelques torches demeurées allumées, la vision était saisissante, et Phoenix crut pendant un instant que toutes ces flèches lui étaient réellement destinées. Il lui fallut quelques secondes pour se rendre compte qu'il s'agissait non pas de vrais guerriers, mais de statues de terre cuite. Les fameuses reproductions d'argile, pour lesquelles il avait lui-même été un modèle. La ressemblance et l'exactitude des corps étaient saisissantes. L'enquêteur se redressa, soulagé, pour découvrir que derrière ces archers se dressaient une centaine d'autres statues : militaires, fantassins et soldats en armures, tous en position d'attaque, prêts à affronter l'ennemi pour l'éternité.

Phoenix regarda plus attentivement l'une des statues, appréciant la beauté et l'ingéniosité de sa fabrication. L'archer en position de tir, un genou à terre, avait les jambes gainées et lacées, les cheveux soigneusement tirés en chignon, un bras tendu soutenant l'arbalète armée. Ses vêtements semblaient presque réels, et certains détails ajoutaient à l'illusion. Grâce aux couleurs et aux textures merveilleusement bien rendues, on devinait jusqu'à la matière des tenues. Pourtant, dans l'armée de Qin, c'étaient les archers qui étaient le plus simplement et le plus humblement vêtus.

L'enquêteur était fasciné. Jamais il ne s'était figuré qu'une telle mise en scène pût avoir un effet aussi convaincant. Il s'y était laissé surprendre alors qu'il était lui-même au courant des méthodes utilisées. Il savait en outre que plus de huit mille soldats viendraient grossir l'artifice, assurant et garantissant le repos éternel de leur empereur et maître Qin Shi Huangdi.

« Mais pourquoi ? Pourquoi toute cette mise en scène ? Pourquoi recréer tout le palais impérial sous terre ? Quelles sont les raisons d'un tel travail ? Je connais maintenant Qin Shi Huangdi, il est loin d'être mégalomane, du moins pas plus qu'un autre roi. Il se fait certes une très grande idée de sa personne, et c'est normal puisqu'il est le premier empereur de Chine. Il y a de quoi impressionner ! Mais pourquoi une telle démesure ? » s'interrogea-t-il en regardant autour de lui.

Phoenix poursuivit sa visite, découvrant d'autres couloirs et d'autres salles également terminées. Le mausolée serait très bientôt achevé, d'après ce qu'il pouvait en juger, il ne restait que quelques détails esthétiques à terminer ou à ajouter.

À certains endroits, les artisans avaient déjà mis la touche finale à la décoration des salles et disposé certaines reproductions. Dans un renfoncement, au bout d'une galerie,

Phoenix découvrit une salle assez haute et vaste, recouverte d'un toit de rondins de pin et décorée de symboles et de gravures de guerre, contenant des dizaines de chars, certains démontés et d'autres rehaussés de toits-parapluie escamotables. Une autre salle s'ouvrait sur ce qui semblait être l'état-major et les commandants, entourés de leur garde personnelle. Phoenix remarqua, non sans amusement, que ces généraux dépassaient d'une dizaine de centimètres les autres statues. Un détail intéressant et révélateur de la hiérarchie militaire.

« C'est probablement dans cette salle que je vais me retrouver lorsque mon double de terre sera terminé… », pensa-t-il.

Dans une pièce adjacente, une vaste écurie de chevaux d'argile offrait tout le confort et le nécessaire pour les animaux. Même les bêtes avaient été soigneusement reproduites, différents détails personnalisant les traits de caractère et les caractéristiques physiques de chaque animal. Phoenix était ébahi devant une telle démonstration de pouvoir et de grandeur. Car il s'agissait bien là d'une démonstration de pouvoir. Le pouvoir unique, que seuls possèdent les rois, d'exiger l'impossible. Le pouvoir unique de chercher l'immortalité en assurant la continuité de leur règne jusque dans l'au-delà. Cela, Phoenix l'avait déjà compris au cours d'une de ses enquêtes, en Égypte. Une œuvre démesurée au service de l'immortalité d'un seul être, d'une seule âme.

Le voyageur du Temps s'arrêta soudain, l'oreille aux aguets. La voix numérique de Politeia l'informa que quelqu'un venait dans sa direction. Il se glissa derrière une palissade de bois, dans une des stalles, pour se tapir dans l'ombre, tout en ajustant sur son visage un semblant de cagoule improvisé avec son vêtement, afin de mieux se cacher. Si jamais il était découvert, il pourrait toujours fuir avec l'aide de Politeia sans craindre d'être reconnu, mais il préférait éviter la confrontation et poursuivre sa visite en paix.

L'enquêteur sentait la présence du vigile à quelques pas de lui, juste derrière la claie*. Celui-ci semblait attentif au moindre bruit. Il resta ainsi une bonne trentaine de secondes avant de poursuivre sa ronde, tandis que Phoenix laissait échapper un soupir de soulagement. Pendant un instant, il avait bien cru que le gardien l'avait repéré. En attendant que Politeia lui confirme que le garde s'était bien éloigné, l'enquêteur patienta, tapi dans son coin.

Puis, précédé du plan holographique du mausolée, qui demeurait en suspension devant lui et s'ajustait au fur et à mesure de son avancée, Phoenix s'enfonça lentement, et sur plusieurs mètres, dans un long couloir. Plusieurs fois il dut contourner des pièges mortels que repérait Politeia. Ces pièges, déjà en fonction, servaient à écarter les curieux qui seraient parvenus à pénétrer dans les lieux.

Phoenix avait lu que le mausolée en serait truffé une fois l'empereur enseveli, mais cela n'empêcherait pas certains pilleurs de parvenir à leurs fins. Tout en avançant ainsi dans les galeries, l'enquêteur comprit également qu'il devait approcher des appartements du monarque, car les pièges étaient plus nombreux.

« Mais comment font-ils, le jour, lorsque les galeries sont remplies de travailleurs ? Les désamorcent-ils ? » Cette question le turlupina pendant quelques instants, le temps qu'il arrive devant un endroit dont la fonction lui parut aussitôt évidente : c'étaient les appartements de l'empereur, les lieux de son dernier repos.

Il s'arrêta devant une immense porte de bois entièrement sculptée de deux dragons se faisant face et traversée de tiges de métal. Phoenix savait que le lieu destiné au repos éternel de l'empereur se trouvait derrière ces portes. Sans plus attendre, après avoir désamorcé le déclenchement meurtrier d'une trappe ouvrant sur des pals affilés, que Politeia venait de lui signaler, il poussa un des lourds battants pour se faufiler à l'intérieur.

« Peste ! Sans Politeia, je serais mort plusieurs fois cette nuit ! Ouf ! »

Déroulant la longue bande de tissu qui lui servait de ceinture, il la plaça sur le sol entre les portes et le plancher, calfeutrant ainsi les fuites de lumière qui pourraient révéler sa présence. L'endroit étant plongé dans l'obscurité totale, l'enquêteur utilisa son médaillon pour éclairer les lieux.

La lumière blanche que dégageait son pendentif éclaira en premier le haut plafond en forme de dôme. Phoenix demeura un instant interdit par ce qu'il découvrait. La coupole, d'une beauté époustouflante, représentait un ciel d'été, clair et dégagé, parsemé d'étoiles scintillantes de mille éclats et de constellations réfléchies par la lumière. Phoenix scruta pendant un moment ce plafond magnifique, digne des plus grands artistes. La justesse de son exécution donnait à l'enquêteur l'impression de voir les étoiles miroiter dans le ciel.

Il déplaça son faisceau lumineux sur ce qui l'entourait, découvrant l'immensité des lieux. Par sa grandeur ainsi que par la disposition des trésors qu'elle recelait, la pièce lui fit penser à une salle de musée. De magnifiques objets d'art étaient disposés sur des socles. Une très longue allée de colonnes rouges remontait vers le nord, menant à une pyramide ouverte sur ses côtés et abritant un immense coffre en granit rouge. Phoenix en conclut aussitôt qu'il devait s'agir du futur tombeau de l'empereur. Des rangées de colonnes peintes en rouge structuraient la pièce et lui donnaient de l'ampleur. Phoenix détailla les différents animaux sculptés, les oiseaux mythiques, les bêtes fabuleuses et les singes. Les deux colonnes situées aux extrémités se distinguaient par des motifs particuliers : un dragon et un tigre, symboles de l'Est et de l'Ouest.

Une autre allée, orientée vers le sud, menait au trône, le symbole du pouvoir absolu du Fils du Ciel. Le siège de bois de santal rouge était incrusté de nacre. Le dossier et les côtés étaient constitués de cinq panneaux à filets d'ivoire délimitant des encadrements ornés de dragons monopodes*. Ce fut alors que Phoenix découvrit le plancher. Sa splendeur et son aspect inattendu le laissèrent totalement interdit et admiratif.

Le sol était couvert de représentations cartographiques des montagnes et des vallées constituant l'empire du Milieu. Une immense carte topographique de la Chine impériale avec ses moindres détails. Mais le plus surprenant était la représentation des eaux. Les cours d'eau, les fleuves et les mers étaient représentés par des coulées de mercure. Le mouvement incessant et mécanique de l'élément argenté, qui irradiait sous la lumière blanche du médaillon de l'enquêteur, était ahurissant et son effet, saisissant. Phoenix observait le prodige, totalement abasourdi.

« Peste ! La légende disait donc vrai ! Sima Qian avait raison ! »

L'enquêteur admira la carte pendant un long moment, avant de poursuivre sa visite nocturne, jetant de temps à autre un œil à l'heure. Il devait quitter les lieux avant le lever du soleil, à l'heure où les artisans et les autres employés arriveraient. Bien que ses découvertes fussent des plus admirables, il dut constater que sa visite, qui touchait à sa fin, ne lui avait pas dévoilé grand-chose de plus sur les intentions du monarque. La description des lieux et les images que Politeia avaient captées grâce au photospectographe aideraient néanmoins les archéologues dans leurs recherches. Sa visite des lieux n'aura pas été vaine.

Phoenix se faufila furtivement et le plus silencieusement possible par la fenêtre de sa chambre à coucher, afin d'éviter de réveiller Yu Hi. Allongé sur sa couche, l'enquêteur tentait de reconstituer mentalement toutes les splendeurs qu'il venait de voir. Grâce au photospectographe de son médaillon, le SENR était maintenant en possession de plusieurs séries de photographies en trois dimensions. Grâce à ces clichés, il ne serait peut-être plus nécessaire aux archéologues et aux ingénieurs du troisième millénaire d'essayer d'atteindre le tombeau du monarque, qui demeurait à ce jour inaccessible et inexploré.

La proximité de la rivière Weï était, sans que les ingénieurs de l'empereur ne s'en doutent réellement, le meilleur moyen d'empêcher quiconque de parvenir à la dépouille royale, assurant ainsi à l'empereur un repos éternel.

CHAPITRE 14

Phoenix se dissimulait derrière une des lourdes tentures de soie brodée qui ornaient les murs du salon privé de l'empereur. Il savait que toute présence dans ces lieux sans le consentement du souverain était interdite. Quiconque y était découvert était arrêté sur-le-champ et exécuté sans le moindre procès, même un gradé. Mais l'heure n'était plus à ces tergiversations pour l'enquêteur, il devait maintenant agir et découvrir les réponses à la recherche desquelles on l'avait envoyé. Au lieu d'entrer dans le salon privé de l'empereur, il aurait pu demeurer à l'extérieur et utiliser un sonotone, un amplificateur de sons, mais les risques d'être découvert auraient été encore plus élevés qu'en se cachant derrière ces draperies. En effet, la surveillance était plus importante autour du palais qu'à l'intérieur même des murs, en particulier dans les appartements privés de l'empereur, car il fallait déjà pouvoir s'y rendre. Si Phoenix avait pu déambuler si librement dans tout le palais, sans qu'aucun sauf-conduit ne lui soit demandé, c'était uniquement grâce à son titre de ministre des Armées. Il avait profité du changement de gardes devant les appartements privés de l'empereur pour s'y introduire, le plus naturellement du monde. Son arrivée n'avait en rien inquiété les vigiles, et ils ne remarquèrent pas non plus qu'il n'en ressortait pas. La relève s'était faite peu de temps après son arrivée, et les nouveaux gardiens n'avaient pas été avertis de sa présence dans les appartements du monarque.

Phoenix profita d'un renfoncement dans l'un des murs pour se caler plus confortablement. Au préalable, il avait commandé à Politeia de mettre en marche le sonotone, son coquillage lui servant d'oreillette. Elle devait également l'avertir de tous les dangers potentiels, et ses mesures étaient déjà prises au cas où Phoenix serait découvert accidentellement. Il demeura ainsi une bonne demi-heure avant d'entendre enfin des voix. C'étaient celles de l'intendant de bouche K'o et des domestiques privés de l'empereur. L'intendant donnait ses ordres pour le souper du roi. Phoenix se pourlécha les babines en entendant le supérieur énumérer le menu du *huangdi* et l'ordre des plats – anguille marinée, riz au sésame parfumé à la mandarine, tortue de mer à la vapeur, huîtres, poulet caramélisé au gingembre, cuisses de grenouille à la lime et fruits pour dessert –, tout en précisant à la ronde que le roi mangerait léger ce soir.

De sa cachette, Phoenix assista à tout le repas de l'empereur, imaginant, pour passer le temps, où il pouvait en être de la liste des plats énumérés ultérieurement par l'intendant. Bien qu'il eût copieusement mangé avant de se terrer dans sa planque, Phoenix ressentit tout de même un petit creux.

«Ah! sacrée gourmandise, quand tu me tiens!» pensa-t-il.

Les va-et-vient incessants des domestiques agitaient les rideaux de soie derrière lesquels Phoenix se tenait coi, et chaque fois il en ressentait une petite frousse. Il passa ainsi deux longues heures à entendre les bruits peu délicats que faisait l'empereur en mangeant. Il semblait souper seul, car aucune parole n'était échangée, hormis avec l'intendant de bouche, qui lui-même s'adressait aux domestiques. L'enquêteur se demanda pour quelle raison l'empereur ne prenait pas son repas avec son épouse royale ou une de ses nombreuses concubines. Mais il mit fin à ses interrogations lorsqu'il entendit Han Kiu-Yi, l'intendant en chef, demander à l'empereur l'autorisation de parler.

— *Wansul* Qin Shi Huangdi... Le *shi* Keng-Li est là...

— Fais-le entrer et assure-toi que personne ne nous dérange.

L'enquêteur entendit le bruit facilement reconnaissable d'un claquement de mains, suivi de légers déplacements. La salle privée se vida rapidement et aussitôt le silence s'installa, uniquement troublé par un léger bruissement de tissus. L'empereur devait marcher dans la pièce en attendant le médecin.

— Mon cher Keng-Li, comment vous portez-vous aujourd'hui ?

— C'est à moi de vous poser cette question, *huangdi*, après tout, c'est moi le médecin.

— Eh bien, puisque vous êtes mon médecin, vous n'avez pas à me poser la question. Qui d'autre que vous connaît mieux mon état de santé ?

— Oui, Majesté, et elle est excellente, bien que vous sembliez soucieux... Je me trompe ?

— Un empereur est toujours soucieux, *shi*, ce n'est pas nouveau. On ne dirige pas un empire sans que cela génère de problèmes... Mais, trêve de balivernes, laissons là ces détails sans importance. Où en êtes-vous dans vos recherches ?

— Je suis en train de mettre au point un nouvel élixir, *tianzi*. Nous savons déjà que le jade empêche la décomposition du corps, mais que nous ne pouvons pas en absorber, même sous

145

forme de poudre. Les essais n'ont pas été concluants : les pauvres malheureux qui l'ont testé sont morts avant même d'ingurgiter une troisième dose. Il ne peut donc être question de l'utiliser, si ce n'est pour conserver un corps déjà mort. Nous ne souhaitons pas cela. Je travaille donc depuis plusieurs semaines à un nouveau remède. Je base mes recherches sur plusieurs traités écrits par de grands penseurs, médecins, chercheurs et herboristes. L'expédition envoyée vers les mers du sud nous a ramené un document fort rare sur les nombreuses possibilités qu'offre le mercure, cet élément naturel que vous vénérez tant.

— Oui, j'ai toujours pensé que cet élément avait des propriétés surnaturelles. Sa pureté dégage une telle magie. Cet élément est vivant, et je suis persuadé que nous pouvons capturer son énergie vitale. Sa composition ressemble à celle du sang.

— Effectivement… sa magie. C'est ce que je tente de faire, *kejing* Shi Huangdi, capter sa magie, son énergie vitale.

— Et combien de temps vous faudra-t-il encore, *shi*, pour y arriver ?

— Quelques lunes, *tianzi*…

— Tut, tut, tut ! C'est beaucoup trop long, Keng-Li… Je vieillis trop vite, je sens parfois la mort si proche…

— Mais vous êtes en parfaite santé, *wansul*…

— Oui, bien sûr que je le suis, grâce à vous et à vos remèdes. Mais les intrigues peuvent être mortelles, et vos poudres et vos antidotes n'y peuvent rien. Je sens bien les complots qui se trament tout autour de moi. On cherche à me ravir mon pouvoir, vous le savez aussi bien que moi.

— Oui, *tianzi*, je suis au courant… C'est le propre du pouvoir. Le pouvoir absolu est convoité aussi sûrement que le jour précède la nuit.

— Oui, mon cher ami, on convoite mon trône depuis tant de temps maintenant… Mon premier fils a depuis longtemps l'âge de prendre possession du sceau de jade, mais je doute fortement de son jugement. Il est si influençable et si naïf… si idiot!

Un long silence s'installa entre les deux hommes. Phoenix se demanda un instant s'ils étaient toujours dans la pièce. Enfin, la voix de l'empereur se fit de nouveau entendre, mais cette fois de façon plus discrète. On aurait dit un murmure qui précède une confidence.

— Tous ces avides mourront avec moi… Si vous ne mettez pas au point ce remède d'immortalité, ils m'accompagneront dans la tombe. Vous pouvez y compter. Je ne partirai pas de cette terre, seul. Mon mausolée est assez grand pour accueillir tous ces traîtres.

De nouveau, un lourd silence se glissa dans la pièce. Phoenix attendait, car il lui semblait que les réponses à ses questions s'esquissaient dans les quelques mots prononcés par l'empereur.

— Avez-vous récemment visité mon second royaume d'éternité, vieil ami? demanda l'empereur.

— Oui, oui! Et j'en ai vu les plans… C'est prestigieux, très impressionnant! Il sera aussi grand que la capitale impériale…

— Bien évidemment, puisque j'y vivrai jusqu'à la nuit des temps!

— Mais, *wansul*, pourquoi autant de gardiens dans votre dernière demeure? Je n'ai jamais très bien compris.

— Et je ne vous dois aucune explication, Keng-Li…

— Bien entendu, *tianzi*, jamais je n'oserais vous manquer de respect, et je ne cherche pas non plus à me montrer curieux. Je me présente à vous seulement comme le plus dévoué des amis. Un ami sur qui, vous le savez, vous pouvez compter depuis toujours...

— Vous avez raison, vieil ami, répondit enfin l'empereur après un instant de silence. Pardonnez-moi, mais je vois des conspirateurs partout et j'en oublie ceux qui me sont réellement fidèles. Je me méfie même de mon entourage immédiat. Tenez, depuis plusieurs jours maintenant, je prends mes repas seul...

— Vous savez que vous pouvez compter sur moi, je serai toujours présent à vos côtés, quoi qu'il arrive et... où que vous alliez. Nos destins sont liés depuis tellement d'années maintenant...

— Oui, depuis si longtemps maintenant ! Déjà, enfant, vous preniez grand soin de moi. Votre fidélité m'honore, cher Keng-Li, et je sais que vous me suivrez également dans l'au-delà.

— J'irai où vous irez, sans jamais m'inquiéter... La mort n'est qu'un passage, philosopha le médecin.

— La mort sera le sort de tout le monde ici ! poursuivit l'empereur dans un chuchotement, sans relever la dernière phrase de Keng-Li.

Un nouveau silence se glissa entre les deux hommes.

— Si vous saviez, vieil ami, comme je redoute la mort...

— Comme nous tous, *wansul* ! Ce voyage vers l'inconnu nous effraie tous, du plus humble au plus puissant...

— Mais j'ai des raisons beaucoup plus sérieuses que vous de la craindre, croyez-moi ! Vous que tous considèrent comme un saint, vous n'avez rien à craindre pour votre âme. J'ai bien peur que mes dettes soient plus lourdes que les vôtres ! Mes fautes sont si nombreuses que le poids de mon âme me semble bien léger ! chuchota l'empereur sur un ton un peu plus bas, comme s'il faisait un aveu. La nuit, je vois tous ces visages penchés sur moi et qui me regardent, silencieux, accusateurs… murmura-t-il plus bas encore.

— Vous avez, *tianzi*, toujours agi en empereur et selon votre conscience. Tel est le rôle qui vous incombe. On ne peut instaurer un empire en distribuant des friandises.

— Votre compréhension me touche, Keng-Li, même si je sais que vous désapprouvez parfois mes actes.

— Je n'ai pas à les juger, je ne suis qu'un simple herboriste, un homme de science qui ne connaît rien aux affaires de l'État. Vous avez agi en pensant que c'était ce qu'il y avait de mieux à faire pour l'empire.

— Peut-être est-ce parce que je vieillis ou parce que je sens la mort me frôler, mais il m'arrive d'avoir des remords, cher Keng-Li, si vous saviez…

— Je me doute que votre rôle n'est pas de tout repos.

— Tu te doutes! dit l'empereur, en passant du vouvoiement au tutoiement, ce qui laissa présager à Phoenix quelques aveux et révélations à venir. Si tu savais… J'ai pris des décisions, imposé mon pouvoir par la force. Les menaces étaient mon seul argument… et la mort, mon jugement final. La Mort, Keng-Li, maintenant que je la sens si près, me fait entrevoir les choses bien différemment. Tant que je La dispensais, j'avais l'impression de La contrôler, j'avais la sensation d'en être le maître…

La voix de l'empereur s'enflait, se teintait d'émotion. Phoenix écoutait attentivement tout ce qu'il disait, accumulant ainsi les éléments clés de cette intrigue.

— Mais à présent, reprit l'empereur, je sens Son souffle sur ma nuque… Tu dois m'aider, Keng-Li, tu dois me trouver ce secret de longévité pour que je puisse de nouveau me rendre maître d'Elle. Je suis parvenu à dompter ceux qui m'entourent et j'y parviendrai avec Elle également ! C'est mon dernier combat sur cette terre avant de retrouver mes ancêtres. Il n'y aura pas de seconde chance, c'est Elle ou moi. Si Elle remporte la victoire, ma vie dans l'au-delà sera celle d'un simple manant... Je ne donne pas cher de mon âme !

— Je serai en mesure de vous donner rapidement des premiers résultats, mais je ne peux brûler les étapes. Nous devons faire des essais au préalable...

— Ces tentatives, je les ferai... C'est sur moi et uniquement sur moi que s'effectueront ces expériences. J'ai une entière confiance en toi et en tes dons, cher Keng-Li. Tu as toujours su me soigner et tu as toujours fait preuve d'énormément d'intelligence. Cette fois-ci ne fera pas exception. Tes confrères, ces vendeurs d'illusions, ne m'ont rien proposé d'intéressant, ajouta-t-il d'un ton acerbe, tous des ignares, des novices et des opportunistes qui ne sont intéressés que par l'argent que je leur donne. D'ailleurs, poursuivit-il avec un sourire sarcastique, deux de ces charlatans ont eu la tête coupée pour avoir osé me proposer une poudre de perlimpinpin. De la banale racine de gingembre broyée dans de l'urine de jument. Comme si on pouvait me duper ! Je leur ai fait prendre leur panacée avant de les faire exécuter, dit l'empereur dans un éclat de rire, en leur disant que je voulais voir sur eux les résultats de leur philtre d'immortalité. Malheureusement pour eux, leur élixir n'est pas concluant ! Ha, ha, ha !

Keng-Li se balança sur ses jambes, mal à l'aise devant la froideur de l'empereur et ce qu'il voyait dans ses yeux. Un long silence recouvrit la pièce. Phoenix, toujours caché derrière des draperies de soie, sentit un frisson le parcourir. Était-ce de la peur ou à cause de la vision horrible des deux suppliciés, assurément malhonnêtes, mais pas plus que les autres ?

L'empereur riait toujours, puis peu à peu se calma, avant de reprendre la conversation.

— Tes recherches me paraissent très prometteuses. Je suis sûr que la route de l'immortalité se trouve dans tes études. Celui qui la découvrira ne peut être que toi, personne d'autre que toi n'a ce pouvoir, ni tes connaissances et ton intelligence.

— Mais, *kejing tianzi*, je ne connais pas encore les effets du mercure sur l'organisme. C'est très risqué...

— Hum! Tu as probablement raison, risqué... mais pas plus que la mort elle-même, conclut l'empereur sur un ton amusé.

— Bien, *wansul*, si c'est là votre volonté...

— Apporte-moi ce remède aussitôt que possible. Sous quelle forme pensais-tu me le faire prendre?

— Sous forme de petites pilules... *Wansul*, je ne veux pas remettre en question votre résolution, et je suis prêt à mourir sur-le-champ pour racheter mon insolence à votre égard, mais je dois tout de même vous avertir que votre choix peut être, comment dire... fatal!

— Cher Keng-Li, je suis touché par ta complaisance, mais ne cherche pas à me ménager. De toute façon, la fin de cette histoire ne peut être que fatale. Si tu ne mets pas au point cet élixir d'immortalité, si tes recherches échouent, je mourrai quand même. Au rythme où se succèdent les attentats contre ma personne, il y en a bien un qui réussira un jour. Sinon, la vieillesse s'en chargera. Je suis déjà si fatigué. Nous vieillissons, cher ami... Alors, entre une mort choisie sereinement demain, une mort violente ou une mort due à la maladie après-demain, je fais mon choix sans aucune hésitation.

— Il en sera donc fait selon votre volonté, *wansul*.

Phoenix tapota sa lèvre supérieure de son index. Les choses commençaient à s'imbriquer dans son esprit, et même s'il n'était pas encore totalement sûr de ses conclusions, il était certain d'entrevoir enfin la vérité.

CHAPITRE 15

A dossé à une magnifique porte-lune* peinte en rouge et calligraphiée de poèmes naïfs, Phoenix attendait patiemment depuis déjà quelques minutes, un vague sourire accroché aux lèvres. Les curieux passaient, le saluant avec respect, mais le regardant tout de même avec curiosité. Ceux qui ne l'avaient pas encore croisé dans les venelles de la cité s'étonnaient à la vue de ce géant aux yeux couleur de ciel d'hiver. Sa présence à la cour était cependant connue de tous.

Son ordinateur l'informa par une légère vibration que l'étranger se trouvait de l'autre côté de la porte. Consultant avec discrétion son médaillon, il y lut que l'individu passerait la porte dans moins de trois secondes. Aussitôt, l'enquêteur vit se dessiner sur le sol l'ombre grandissante de l'inconnu qui venait dans sa direction. D'un geste aussi sûr que rapide, Phoenix le saisit par le bras, le forçant ainsi à lui faire face. L'enquêteur reconnut la longue cicatrice couleur vin qui marquait la joue droite de l'officier fonctionnaire qui l'avait accueilli à son arrivée. À la vue soudaine de l'officier, le regard terrifié et interrogateur du balafré se transforma instantanément en stupéfaction et en inquiétude. Sa main gauche saisit fermement le poignet de Phoenix, qui retenait toujours solidement son bras.

— Tiens, tiens, tiens, le *guàn* Yeou…

— Oh, *xiàoguan* Phoenix, quelle surprise de vous rencontrer ici…

Les deux hommes s'empoignaient toujours, sous le regard alarmé des passants. Déjà, quelques-uns en apostrophaient d'autres, les prenant à témoin. Phoenix sourit en plissant les yeux, desserrant lentement sa poigne, mais en maintenant toujours une certaine tension du regard.

— Suivez-moi, *guàn* Yeou, fit-il, sans lui laisser le temps de répondre.

L'enquêteur s'éloigna d'un pas rapide par les rues et ruelles de la cité, entraînant derrière lui l'inconnu, qui le suivait bien malgré lui, car il n'avait guère le choix. Sous un régime aussi autoritaire que celui de Qin Shi Huangdi, des officiers comme le *xiàoguan* Phoenix avaient tous les pouvoirs.

Moins de cinq minutes plus tard, Phoenix pénétra dans son logement, toujours suivi de près par l'officier fonctionnaire, curieux de découvrir l'intérieur des lieux où l'officier supérieur demeurait. Phoenix accorda aussitôt son après-midi à Yu Hi, lui proposant, afin d'éviter toute question, de se rendre au temple pour honorer ses ancêtres. Sur le seuil, il lui glissa quelques piécettes dans les mains, en lui demandant de faire des offrandes et des prières de sa part. Yu Hi s'éloigna, heureux.

Enfin seul avec son invité, Phoenix le fixa attentivement et silencieusement, tentant par ce silence volontaire de l'intimider. L'homme n'osait pas le regarder en face. Pour éviter la confrontation, il porta son attention sur ses pieds en attendant que son officier supérieur se décide à lui adresser la parole.

Après de longues secondes, qui parurent une éternité au *guàn*, Phoenix lui demanda enfin d'une voix autoritaire :

— Pourquoi me suis-tu depuis mon arrivée, Yeou ?

Celui-ci releva la tête pour le regarder, et Phoenix saisit dans son regard une trace de panique. Depuis sa rencontre soudaine avec le ministre des Armées à la porte-lune, Yeou s'attendait évidemment à être interrogé, mais la question le déstabilisait malgré tout.

— Je suis désolé, *kejing* Phoenix, mais je ne comprends pas de quoi vous parlez, bredouilla-t-il enfin en évitant soigneusement de le regarder.

— Cesse de me prendre pour un idiot, Yeou, tu dois me répondre, je suis ton supérieur. Sinon, je te fais mettre aux arrêts sur-le-champ.

Le ton de l'enquêteur était ferme et sans équivoque. L'homme releva brièvement les yeux vers lui, avant de regarder de nouveau ses pieds avec des yeux terrifiés.

Plusieurs secondes s'écoulèrent ainsi. Phoenix savait que le fonctionnaire pesait et évaluait la menace de son supérieur, tout comme il savait que celui-ci allait finir par parler. Il voyait bien qu'il n'avait pas affaire à un dur de dur, ni à une forte tête. En réalité, cet homme était chargé de le surveiller, rien de plus.

— Je vous en prie, *xiàoguan* Phoenix, j'ai une famille…

Le détective du Temps demeurait impassible. Il sentait une hésitation chez l'homme, et c'était justement cette faille qu'il cherchait à exploiter. Le pauvre se tordait les mains, hésitant et apeuré.

— Dis-moi ce que je veux savoir, et tu sortiras d'ici aussi libre que lorsque tu y es entré. J'ai le pouvoir, et tu le sais, de te faire enfermer sans justification, puisque je représente l'autorité.

Personne, et je dis bien personne, ne viendra s'opposer à la décision du ministre des Armées. Allons, parle, c'est un conseil que je te donne.

Phoenix tournait le dos au *guàn,* et c'était heureux, car le fonctionnaire aurait très vite compris que l'enquêteur bluffait s'il avait vu son visage. Il attendit patiemment, arborant l'assurance de celui qui parvient toujours à ses fins. L'homme semblait terrifié et totalement désemparé, son regard se faisait fuyant. Il se gratta nerveusement la tête, plusieurs fois de suite, et poussa de profonds et longs soupirs, puis il se décida enfin.

— Très bien, je parlerai... Posez-moi vos questions, *xiàoguan* Phoenix.

— Sage décision, Yeou, sage décision, fit l'enquêteur en se retournant vers lui.

Phoenix soupirait intérieurement, heureux de la tournure des événements. En toute honnêteté, il s'avoua qu'il aurait été bien en peine d'utiliser un autre moyen pour tenter de faire parler le pauvre homme. Phoenix était tout sauf un tortionnaire : il avait utilisé les seuls arguments qu'il possédait, jouant ainsi le tout pour le tout.

— En premier lieu, je veux connaître les raisons de cette filature. Qui t'a chargé de cette mission ?

— J'ai reçu l'ordre de vous suivre dès votre arrivée à la cité impériale. Les raisons exactes, je ne les connais pas, mais je sais qu'on vous soupçonne d'être à la solde de l'empereur.

— Et il fallait me faire suivre pour découvrir cela ? Bien évidemment que je suis à sa solde, puisque je suis son ministre en plus d'être son officier. Il n'y avait pas là grand mystère.

— Non, bien évidemment ! Mais nous cherchions à savoir qui vous étiez et si vous étiez réellement...

L'homme s'arrêta, ne sachant pas comment poursuivre, cherchant ses mots. Phoenix, qui venait de comprendre, compléta sa phrase.

— Vous vouliez savoir si j'épousais les opinions de l'empereur ou s'il vous serait possible de me faire adhérer aux vôtres. Vous cherchiez à savoir si je lui étais fidèle...

— C'est à peu près cela, oui.

— Qui se trouve derrière tout cela, et pourquoi ?

À cette question, Yeou se referma comme une huître, plus nerveux.

— Tu peux parler en toute liberté, Yeou, jamais je ne divulguerai ce qui sera dit ici. Tu peux parler sans crainte, car même si je suis du côté de l'empereur, je ne suis pas un délateur.

Le fonctionnaire n'osait plus rien dire, il regardait nerveusement derrière lui, comme s'il craignait que quelque chose d'horrible jaillisse soudain de la porte des appartements de l'officier. La gorge sèche, les mains moites et rouges à force d'être triturées, il s'avança lentement vers Phoenix, comme pour lui confier un secret. Jetant un dernier regard anxieux vers la porte, il murmura de façon presque inaudible :

— Nous cherchons à reprendre ce qui nous a été volé... Mes camarades et moi attendons le moment opportun pour nous réapproprier le plein pouvoir sur nos vies, notre liberté. Trop longtemps nous avons été opprimés, le peuple n'en peut plus.

Phoenix sentait presque l'haleine du fonctionnaire sur son visage, car celui-ci se tenait très près de lui. Gardant la même position et baissant également la voix, l'enquêteur poursuivit son interrogatoire.

— J'ai pourtant vu les gens dans les rues, et ils ne semblent pas si malheureux... L'empereur est dur, je te le concède,

157

mais grâce à lui la Chine est un empire. Il a su ériger un système économique qui fonctionne. Je n'ai pas vu de gens mourir de faim dans les rues comme ailleurs… Et le pays n'est plus en guerre depuis son arrivée au pouvoir. Avant lui, le peuple vivait dans la peur constante, devant lutter seul pour protéger sa vie. Qin Shi Huangdi est autoritaire, soit, mais il a toujours su garantir la sécurité de son peuple, lança Phoenix, pour orienter la conversation dans la direction qu'il souhaitait.

— Parce qu'il écrase tout le monde, même son peuple. Oui, il nous a offert la sécurité, et nous ne mourons plus de faim, c'est vrai, mais à quel prix ? Nous n'avons plus de liberté et nous ne vivons que pour sa propre gloire… Il s'abreuve de notre sang et se nourrit de nos efforts. Il n'hésite pas à faire tuer quiconque ose le regarder de travers, sans parler de ceux qui le contestent ouvertement. Combien ont payé de leur vie pour avoir osé penser différemment de lui ?

La voix du fonctionnaire s'enflait, prenait plus de vigueur et d'assurance au fur et à mesure qu'il développait son argumentation.

— La construction de son mausolée a déjà fait plusieurs milliers de victimes, poursuivit-il, et leurs familles ne reçoivent aucune compensation, pas même des condoléances !

Yeou avait les yeux rougis. Durant son plaidoyer, il avait saisi les mains de Phoenix et les tenait fermement. L'enquêteur fut surpris de son audace. Ce petit fonctionnaire n'était peut-être pas aussi soumis qu'il le paraissait quelques instants plus tôt. La révolte grondait chez cet homme et elle ne tarderait pas à s'extérioriser, pensa Phoenix.

— Tu as perdu des êtres chers dans cette histoire, n'est-ce pas ?

— Mes deux frères sont morts pendant les excavations, écrasés lors d'un effondrement. Il nous a été impossible de récupérer les corps pour leur offrir des obsèques dignes de leur courage. L'empereur a fait poursuivre les travaux sans considération aucune pour ces pauvres travailleurs, qui ne sont à ses yeux que des instruments voués à l'édification de son propre pouvoir, de sa gloire !

Phoenix laissa au fonctionnaire le temps de reprendre ses esprits et de se calmer, avant de lui demander :

— Qui est à la tête de votre confrérie, Yeou ? Car il s'agit bien là d'une organisation secrète, n'est-ce pas ?

— Pourquoi vous répondrais-je ? N'allez-vous pas, comme vous me l'avez si bien précisé tout à l'heure, user de vos prérogatives de ministre des Armées ?

Le fonctionnaire le fixait à présent avec bravoure, se redressant de tout son être pour affronter l'officier supérieur qui maintenant ne lui faisait plus peur.

— Tu as raison, Yeou, je suis bien ministre et également officier de l'empereur, mais tu dois également savoir quelque chose sur moi, je ne suis pas un traître. Je ne cherche pas à te faire parler pour te coincer, toi et tes complices. L'empereur ne m'a jamais donné d'ordre à votre sujet, et ce n'est pas moi qui dévoilerai votre présence au palais et vos projets. Tu peux me faire confiance. Jamais je ne divulguerai quoi que ce soit de notre conversation, à qui que ce soit. Je t'en fais le serment !

Phoenix plaqua sa main droite sur son cœur pour accompagner ses paroles. Le fonctionnaire le scrutait avec incertitude. Mais le regard du jeune homme était franc. Yeou le sonda un instant avant d'ajouter :

— Si vous trahissez ma confiance, je vous fais à mon tour un serment : celui de vous tuer.

L'enquêteur acquiesça d'un signe de tête.

— C'est de bonne guerre !

— Li Lin est la tête dirigeante !

Phoenix opina tranquillement.

« Je suis surpris. Le maître artisan est pourtant loin de dégager l'assurance d'un fomentateur. Je vais devoir m'en assurer », pensa-t-il, en réfléchissant aux déclarations du fonctionnaire. Puis, d'un geste de la main, il chassa ces idées pour revenir à l'homme qui était devant lui.

— Maintenant, Yeou, je voudrais que tu me dises ce que tu sais de la construction du mausolée.

— Pas grand-chose. Que voulez-vous savoir ?

— Pourquoi ? Pourquoi l'empereur fait-il construire ce tombeau qui contiendra une réplique de toute son armée ?

— Comme je vous l'ai déjà dit, je ne sais pas grand-chose, mais un de mes frères, qui était responsable de l'excavation des salles, m'a parlé peu de temps avant sa mort d'une conversation qu'il avait surprise. Non pas une conversation habituelle entre deux personnes, mais plutôt une prière. L'architecte en chef l'avait envoyé au palais, car il avait oublié un des plans de la salle où ils étaient en train de travailler. Alors que mon frère passait non loin du Temple Jaune, qui se trouve au centre des jardins du palais, il a entendu des plaintes, comme un râlement. Curieux, il s'est approché d'une des ouvertures et a entendu une voix murmurer des prières, puis invoquer la clémence des ancêtres et des dieux. Attentif, il a entendu, sans en comprendre réellement le sens, l'homme murmurer qu'il avait peur de mourir, car il ne voulait pas se retrouver devant tous ses ennemis, devant tous ceux à qui il avait donné la mort ! Il a reconnu aussitôt la voix si particulière de l'empereur.

— L'empereur? s'écria Phoenix. Tu veux me faire croire que l'empereur se trouvait au beau milieu du parc, sans escorte, en train de pleurnicher, et que ton frère l'aurait entendu supplier les dieux? Et comment a-t-il pu reconnaître la voix de l'empereur dans ces murmures?

— Je n'en sais rien! Je vous raconte uniquement ce qu'il m'a dit... Je n'y étais pas! Et puis la voix de l'empereur, il la connaissait, puisqu'il se rend régulièrement au chantier pour voir la construction et surveiller l'évolution de son mausolée. Je vous le jure, *xiàoguan* Phoenix, je vous répète ce qu'il m'a dit. Mon frère n'était pas un menteur...

* * *

— Ah! *xiàoguan* Phoenix, j'attendais votre visite. Yeou m'a déjà fait part de votre petite conversation...

— *Shi* Li Lin... prononça Phoenix en guise de salutation.

— Approchez, je vous en prie, approchez... Je vais vous montrer votre moulage et nous discuterons, si vous le voulez bien. Que je suis bête, c'est bien pour cela que vous êtes là, pour faire le point sur mes projets...

— Oui, effectivement, mais je veux bien voir le moulage.

— Suivez-moi, il est par là... lança l'artiste en souriant et en désignant un local isolé par des rideaux. Nous pouvons discuter en paix, personne ne viendra nous déranger ici.

Le maître artisan entraîna à sa suite l'enquêteur derrière un large rideau blanchi par la poussière d'argile. Sur des étagères étaient empilées des séries de têtes, toutes plus ou moins ressemblantes quand on n'y prêtait pas trop attention. Mais dès qu'on s'approchait, on découvrait avec émerveillement les différents types de visages qui représentaient la pluralité des ethnies composant la Chine.

— La voici ! Je tenais personnellement à dessiner et peindre les détails…

Li Lin souleva un tissu crasseux et tacheté pour découvrir le moulage de la tête de l'enquêteur. La ressemblance était saisissante, et Phoenix ne put que laisser échapper un long sifflement d'admiration.

— C'est incroyable ! commenta-t-il enfin.

L'objet le représentait avec un surprenant souci du détail.

— Oui, c'est du beau travail. Je dois avouer que votre moulage est assurément l'un des plus réussis que nous ayons effectués…

Après quelques minutes de conversation sans importance, le maître artisan se tourna vers l'enquêteur et le regarda droit dans les yeux.

— Vous pouvez me questionner, *kejing* Phoenix. Que cherchez-vous donc à savoir ?

— Bien, dit Phoenix en caressant du bout des doigts la sculpture de son visage, avant de replonger ses yeux pervenche dans ceux du maître. Je sais que vous cherchez à renverser l'empereur, et je ne suis pas ici pour tenter de vous arrêter. Ce n'est pas dans mes attributions. Ce que je cherche, *shi* Li Lin, ce sont les raisons secrètes et sous-jacentes que Qin Shi Huangdi a de vouloir faire édifier son sépulcre avec autant… d'emphase, disons.

— Et pourquoi tenez-vous à connaître ses intentions ? Je ne comprends pas très bien. Une telle interrogation me paraît si dérisoire lorsqu'on connaît les décisions de l'empereur, la force de son pouvoir et les conséquences qu'elles ont, sur tous…

— Mes raisons ne vous regardent pas, Li Lin, nous avons chacun nos motivations et nos convictions. Je ne m'interposerai pas entre vous et l'empereur, ce n'est pas mon rôle et encore moins ma mission...

Le maître artisan plissa les yeux. Comme pour se laisser le temps de réfléchir, il replaça le linge crasseux sur l'effigie de l'enquêteur, avant de se retourner de nouveau vers lui.

— Votre mission? murmura-t-il, comprenant que l'officier ne lui en dirait pas plus sur le sujet. C'est très généreux de votre part, *xiàoguan* Phoenix, de ne pas nous faire arrêter sur-le-champ, bien que je ne saisisse pas tout à fait vos intentions... Et je dois avouer que cela m'intrigue. Pourquoi cette magnanimité? Pourquoi cherchez-vous à connaître les motivations de l'empereur? Si vous voulez que je vous aide, vous devez me répondre!

Phoenix fixait l'artiste d'un air mi-moqueur, mi-admirateur. Il saisissait mieux maintenant la personnalité de cet individu aux allures pourtant si complaisantes. En le voyant, jamais on ne pouvait deviner qu'une personnalité si déterminée se cachait derrière un visage si avenant. Il se rappela ce qu'il avait dit précédemment au médecin Keng-Li, priant intérieurement que cette réponse satisfasse aussi l'artiste.

— Pour l'Histoire, *shi* Li Lin. Pour que demeurent écrites à jamais les raisons et les motivations de cet homme.

— Alors, pourquoi ne le lui demandez-vous pas? Après tout, vous faites partie de ses proches, non?

— Pas assez, semble-t-il... Vous devez savoir que les rumeurs ne sont pas toujours fondées! *Shi* Li Lin, connaissez-vous ces raisons ou suis-je en train de perdre mon temps?

— Oui, je les connais parfaitement...

— Alors parlez, je vous en prie, dites-moi pourquoi...

L'artisan sondait toujours l'officier, ne saisissant pas pourquoi cet homme voulait connaître des choses qui lui semblaient, à lui, si futiles. Mais ces interrogations et cette discussion réveillaient en lui des souvenirs diffus et des sentiments lointains. Soudain, sans savoir vraiment pourquoi, l'artisan se sentit bien las. Il se laissa choir sur un tabouret de bois, avant de passer ses mains poussiéreuses dans ses cheveux blanchis d'argile. Plusieurs secondes s'écoulèrent, silencieuses, uniquement rythmées par le bruit de fond lointain des sculpteurs et des artisans qui travaillaient dans d'autres salles, loin d'eux. Phoenix attendait, légèrement anxieux, car il avait l'impression que l'homme ne voulait pas se confier. D'un autre côté, l'enquêteur sentait bien que l'homme en avait long à dire sur le sujet. Enfin, celui-ci se décida à parler.

— J'ai connu l'empereur voilà bien des années. Nous étions très proches l'un de l'autre, nous étions… amis. Avant de devenir artiste sculpteur, j'étais comme vous un grand officier. Je vous épargne les détails de ma dégringolade, mais sachez que les points de vue du monarque et les miens étaient totalement divergents. Je me suis fortement opposé à certaines de ses décisions, ce qui m'a valu sa colère. Si je suis encore en vie, c'est uniquement grâce à ce cher et honorable Keng-Li, qui est parvenu je ne sais trop comment à faire annuler l'ordre de condamnation. Maintenant que j'y repense, peut-être Qin a-t-il également eu des remords en se souvenant de l'amitié qui nous avait si étroitement liés. Quoi qu'il en soit, je fus littéralement banni de la cour et je dus réapprendre à vivre en portant la honte au front. J'ai alors appris le métier d'artisan sculpteur et j'ai été choisi pour exécuter les statues de Qin Shi Huangdi. Voilà !

— L'empereur sait-il que c'est vous qui réalisez les sculptures ?

— Bien entendu qu'il le sait, lança avec fougue l'artisan. Il faut croire qu'avec le temps ses récriminations à mon égard se sont atténuées, car c'est lui-même qui m'a nommé à ce poste. Allez savoir pourquoi, mais c'est ainsi... Parfois, l'empereur regrette certains de ses actes et, pour se racheter, il devient plus «gentil»... si on peut dire cela de Qin.

— Vous le connaissez bien?

— Plutôt, oui... Comme un frère... Nous avons été élevés ensemble, nous sommes frères d'armes.

— Maintenant, *shi*, dites-moi ce que je veux savoir.

— Vous voulez connaître les raisons d'un si grand projet de sépulture, n'est-ce pas? Eh bien, je viens de vous en dévoiler une partie...

Phoenix le regardait sans comprendre.

— Ne vous ai-je pas dit qu'il arrivait à Qin d'avoir des remords? Depuis qu'il est enfant, il a toujours eu un tempérament fougueux. Il se met rapidement en colère et, par ruse ou par force, exhorte tous ceux qui se trouvent à ses côtés à penser et agir comme lui. C'est un homme qui refuse catégoriquement qu'on lui tienne tête, et ce, depuis toujours...

— Pourtant, certains le font, comme Keng-Li...

— Oh oui! Keng-Li... mais lui, c'est autre chose. Qin le considère un peu comme son père adoptif et il a le plus grand des respects pour le médecin qu'il est. Le vieux singe l'a plusieurs fois sauvé de la mort. Qin lui en est reconnaissant... Cela nous ramène à ce que je tente de vous expliquer. Tout cela forme une boucle.

Devant l'incompréhension de Phoenix, l'artiste poursuivit :

— Qin a peur de mourir...

— Oui, je le savais déjà, du moins je l'avais compris...

165

— Oui, vous l'avez compris, je ne doute pas de votre perspicacité, *fù* Phoenix. Mais vous devriez plutôt vous demander pourquoi un homme tel que lui a peur de la mort au point de chercher l'immortalité auprès de ses médecins et apothicaires. Pourquoi tant de grandiloquence et d'attentions dans la construction d'un tombeau ? Les deux questions se complètent, et je dirais même plus, elles n'ont qu'une réponse ! Réfléchissez, *fù* Phoenix... lança Li Lin en dévisageant l'enquêteur.

Phoenix haussa les épaules, un peu agacé que l'artisan dirige ainsi son raisonnement, comme un enfant à qui on cherche à faire comprendre quelque chose. L'enquêteur se fit le commentaire qu'il avait déjà suivi ce raisonnement et qu'il se posait cette question depuis le début de son enquête.

— Qin, poursuivit Li Lin, a peur de mourir, comme nous tous ici-bas. Mais pour lui, la mort semble plus inquiétante, plus terrifiante même, devrais-je dire, car il sait qu'il devra rendre des comptes dans l'au-delà, tout simplement.

— Mais voyons, *shi*, je ne peux croire qu'un homme tel que lui s'arrête à ce genre de croyances...

— Elles ont bercé notre enfance, *kejing* Phoenix. En dépit des opinions et des certitudes qui permettent à l'empereur de gouverner son empire, il n'en demeure pas moins un homme. Et tout homme a ses propres peurs, même s'il ne les montre à personne.

Voyant le visage incrédule de l'officier, l'artisan ajouta avec plus de précision :

— Qin a peur de mourir parce qu'il est horrifié à l'idée d'être confronté à toutes les pauvres âmes qu'il a fait tuer, et plus particulièrement les quelques centaines de confucéens qu'il a fait exécuter en les enterrant vivants. L'empereur, *xiàoguan*

Phoenix, agit par force de caractère, mais il regrette rapidement ses décisions. Combien de morts y a-t-il eu durant son règne, à votre avis ?

— Plusieurs milliers… répondit l'enquêteur en commençant à comprendre la portée de la réponse.

— Oui, plusieurs milliers, *kejing* Phoenix, plusieurs milliers… Des soldats, des guerriers, des esclaves, des prisonniers, des paysans, des philosophes, des penseurs, des réactionnaires, des adversaires, et combien uniquement parce qu'il pensait, sans en avoir la moindre preuve, qu'ils en voulaient à sa vie ? Des milliers d'âmes qu'il devra affronter dans l'au-delà avant d'accéder à l'éternité. Pour protéger cette âme noire, tachée de tant de morts et de méchanceté, pour avoir la paix, il fait reconstituer une partie de son armée, afin d'assurer sa protection et son salut. Il emportera ainsi sa garde personnelle dans son dernier voyage. Vous savez, *xiàoguan* Phoenix, ce que je trouve le plus étrange et le plus triste, c'est qu'au lieu de se racheter maintenant, alors qu'il voit la fin de sa vie approcher, il tente de reproduire pour l'éternité ce qu'il a fait en ce bas monde. C'est un être sombre, sans scrupules… Et même dans l'au-delà, il persécutera encore les pauvres gens…

— Cela explique évidemment pourquoi il cherche un élixir d'immortalité…

— Bien entendu, tout est là. S'il ne meurt jamais, il n'aura pas besoin de se prémunir pour l'éternité. Il vivra éternellement dans la paix de son âme, en pouvant poursuivre son œuvre sur cette terre. Imaginez, le monde sera à ses pieds !

Tout en jouant machinalement avec un des cordons de son vêtement, Phoenix releva la tête pour regarder l'artisan qui semblait très ému. Essuyant ses yeux du revers de sa main poussiéreuse, Li Lin conclut un peu pour lui-même :

— Malgré tout le mal qu'il m'a fait et malgré la terreur qu'il a engendrée, je ne peux m'empêcher de le plaindre… Vous savez, c'était quelqu'un de bien avant qu'il devienne empereur. Le pouvoir l'a rendu fou…

— Il n'est pas le seul, *shi*, l'Histoire regorge de tels hommes !

Un silence se fit dans la petite salle. Phoenix réfléchit un moment à ce qu'il venait d'apprendre et de comprendre enfin. Puis, pour changer de sujet, voyant le maître artisan submergé d'émotions et de souvenirs amers, il demanda :

— Cherchez-vous réellement à provoquer un renversement de pouvoir ?

L'artisan mit un instant avant de répondre.

— Non, pas vraiment, nous luttons uniquement pour faire réfléchir les gens, pour faire ralentir la machine… La soumission dans laquelle il les maintient lui laisse toute liberté pour agir. Il est important que des confréries comme la nôtre tentent de ralentir ce monstre qui ravage tout sur son passage. Notre Qin est un dragon, tout comme vous et votre célèbre Susanoo, conclut-il en riant.

Puis, reprenant son sérieux, il poursuivit :

— Beaucoup d'entre nous ont souffert des décisions de Qin, et plusieurs seraient prêts à donner leur vie s'ils avaient la certitude de pouvoir l'approcher, pour les lui faire payer. Mais sa garde est aussi impénétrable qu'efficace. N'êtes-vous pas le mieux placé pour le savoir ?

— Oui, effectivement ! Il est presque impossible d'approcher l'empereur, même pour ses proches… Allez-vous tenter un coup d'État ?

Le *shi* Li Lin éclata de rire en se tapant les mains sur les cuisses, ce qui eut pour résultat de soulever des petits nuages de poussière.

— Croyez-vous réellement que je vais vous le dire ? Dois-je vous rappeler, même si nous venons de nous faire quelques confidences, que vous êtes un officier supérieur et un ministre de l'empereur ! dit-il à Phoenix, qui riait également de la naïveté de sa question.

Ils discutèrent encore quelque temps avant que l'enquêteur, qui connaissait maintenant les réponses à ses questions, ne se lève. Avant de partir, l'artisan mit son bras sur celui de Phoenix et lui dit à voix basse :

— Vous devriez partir pendant qu'il en est encore temps. Votre place n'est pas à ses côtés, vous n'êtes pas comme lui. Méfiez-vous, car si vous ne partez pas à temps, il vous emportera avec lui dans sa tombe.

Se redressant, Li Lin ajouta avec un sourire et sur un ton normal :

— Comme nous tous, d'ailleurs.

Phoenix comprit que l'artiste faisait uniquement référence au caractère imprévisible de l'empereur, mais il fit semblant de ne pas saisir l'allusion. Il ne pouvait bien évidemment pas lui dire qu'il avait entièrement raison. Les ordres de Qin Shi Huangdi étaient clairs : à sa mort, tous ceux qui avaient participé de près ou de loin à la construction du mausolée devaient périr et être enfermés dans le tombeau, avec lui. « Un autre crime à ajouter sur sa liste déjà longue », pensa l'enquêteur en s'éloignant. Il aurait aimé prévenir le maître, lui dire de fuir la cité avec sa chère Xindi, mais il savait que c'était impossible. D'ailleurs, comment leur expliquer qu'il connaissait la date prochaine de la mort du monarque ?

CHAPITRE 16

Xiàoguan Phoenix, je ne comprends pas votre demande.

Le ton de l'empereur était autoritaire et sec, mais Phoenix ne se laissait pas si facilement impressionner.

— Je vous demande bien humblement, *kejing huangdi*, de rendre la liberté à un homme qui s'est battu pour l'empire...

— Mais c'est un prisonnier, un *chou di**...

— Effectivement, c'est un guerrier xiongnu. Mais il a su faire preuve d'intelligence et de bravoure durant l'attaque que nous avons subie aux frontières de l'empire du Milieu et du Xiongnu. Sans hésiter, il s'est joint à nous pour notre défense, au péril de sa propre vie.

— Au péril de sa vie? lança le roi avec colère. Mais sa vie m'appartient, *xiàoguan*, l'auriez-vous oublié? Auriez-vous également oublié que je suis seul à décider ce que vaut une vie? Que ce *chou di* ait combattu à vos côtés ne lui donne aucun privilège, c'est un esclave... et que vaut un esclave? Pas même la salive et le temps que nous perdons ici à en discuter! Il devrait déjà s'estimer heureux d'être toujours en vie, c'est la seule récompense que je lui accorde, car telle est ma volonté.

— Mais, *wansul...* renchérit Phoenix, ahuri par la dureté du monarque.

Il se tut en voyant l'empereur lever la main pour lui intimer de faire silence. L'enquêteur perçut une froideur terrible dans ses yeux noirs qui le fixaient intensément.

— Je n'ai rien à rajouter, si ce n'est que je suis grandement déçu de la position que vous prenez à l'égard d'un esclave, *xiàoguan* Phoenix. Soyez heureux que je ne vous condamne pas vous aussi à l'esclavage pour avoir osé m'entretenir d'un tel sujet, pour avoir osé remettre en question une de mes décisions. D'autres sont morts pour bien moins que ça! Maintenant sortez, lança l'empereur avec un mouvement de la main, les yeux brûlants de colère.

L'enquêteur quitta les appartements du monarque à reculons, comme il se doit, l'étiquette voulant qu'on ne tourne jamais le dos au roi. Il était vexé de s'être fait traiter comme un moins que rien et frustré de sa rencontre avec Qin Shi Huangdi. Il venait pour la première fois d'être personnellement confronté à la dureté et au manque d'humanité de l'empereur.

Depuis son arrivée au palais, ses rencontres avec le monarque s'étaient toujours déroulées dans la bonne humeur, et il s'était imaginé que leur «amitié» lui procurait certains avantages. Naïvement, Phoenix s'était figuré avoir une influence positive sur le roi. Mais Qin Shi Huangdi venait de lui démontrer que personne d'autre que lui ne prenait de décision. Il était le maître suprême et, en tant que tel, ne recevait aucun conseil de personne.

Phoenix quitta rapidement le palais, empruntant les longues allées des jardins endormis menant à son domicile. Il fulminait en pensant à l'obstination de l'empereur et comprenait mieux maintenant tous ces gens qui lui en voulaient. Il repensa à Li Lin et à ses problèmes avec le roi, le déshonneur qu'il avait subi à la perte de ses titres et de ses fonctions ; à l'officier fonctionnaire Yeou et au manque de compassion de l'empereur envers ses frères décédés ; à ce qui arriverait à Xindi si l'empereur découvrait ce que fomentait son père ; et à Yu Hi qui avait combattu à ses côtés pour sauver son ambassade et qui ne recevrait pas le moindre remerciement, condamné qu'il était à servir jusqu'à sa mort des officiers comme lui. Phoenix secouait la tête, perdu dans ses pensées, en se dirigeant vers sa résidence.

Lorsqu'il poussa la porte de sa demeure, l'enquêteur avait pris une décision. Il convoqua Yu Hi et le pria d'aller porter un message au *shi* Li Lin et à sa fille Xindi, ainsi qu'à Yeou. Une fois seul, Phoenix appela Politeia pour lui faire son rapport et lui préciser qu'il était prêt à rentrer chez lui dès le lendemain.

Une heure après, Yu Hi revint, informant l'enquêteur que l'artisan et sa fille, ainsi que le fonctionnaire viendraient chez lui en soirée, comme le stipulaient les missives remises. Phoenix le remercia avant de lui dire :

— Si tu le souhaites, prends les quelques heures qui restent avant leur arrivée, mais je veux que tu sois présent ce soir, lors de cette rencontre.

Yu Hi fronça les sourcils sans comprendre, mais il avait une telle confiance en son maître qu'il ne songea même pas à lui poser de questions.

* * *

— Merci d'être venus. Je vous ai tous réunis pour vous faire part de quelque chose d'important. Ce que je vais vous dire, je

vous le révèle en toute confiance, mais à une seule condition :
je ne veux pas que vous me posiez de question. Aucune.

Phoenix regarda à tour de rôle le maître artisan, sa fille, le
fonctionnaire et son domestique, qui lui répondirent presque
simultanément d'un signe de la tête.

— Je ne sais trop comment vous dire cela, mais je dois
vous mettre en garde contre certains événements qui vont se
produire... Vous savez tous que l'empereur fait construire son
mausolée et qu'il y fait transporter des copies de tous ses biens,
trésors, objets d'art, et également de ses soldats. Ce que vous
ignorez, cependant, ce sont les dispositions qui devront être
prises, sur son ordre, à sa mort... Maître Li Lin, vous m'avez dit
à la légère que tout le monde suivra l'empereur dans sa mort,
je ne vous ai rien répondu alors, mais je ne pouvais que vous
donner raison. Qin Shi Huangdi a donné l'ordre à quelques
fidèles, soigneusement recrutés pour leur loyauté envers lui,
d'éliminer tous ceux qui ont un lien avec le tombeau.

En disant cela, Phoenix revoyait clairement le regard fanatique
du ministre Li Si lors de leur rencontre et se souvenait de ses
sous-entendus à peine voilés. Des réactions se firent entendre chez
les visiteurs de l'enquêteur : ils commençaient à s'agiter sur leur
coussin, mais Phoenix les calma d'un signe de la main.

— Laissez-moi terminer, je vous en prie.

Chacun se modéra, et le silence se fit avant que l'officier
ne poursuive :

— L'empereur espère ainsi garder à jamais secret l'emplacement de la sépulture. Personne ne doit connaître le lieu de son
dernier repos.

— Mais il restera toujours quelqu'un qui sait. Ils ne peuvent
pas exécuter tout le monde, lança la jeune femme, effarée devant
l'invraisemblance d'une telle nouvelle.

— Oui, poursuivit Yu Hi, ses sbires* resteront vivants, eux. Qui est chargé de les éliminer une fois le travail terminé?

— Ils ont reçu l'ordre de se suicider, rétorqua Phoenix d'une voix neutre.

Un lourd silence tomba, uniquement interrompu par les aboiements lointains d'un chien. Les quatre invités de l'enquêteur n'osaient se regarder. Seuls Li Lin et Xindi se regardaient attentivement dans les yeux. Le maître prit les mains délicates de sa fille dans les siennes pour tenter de lui transmettre un peu de chaleur et de réconfort.

— Comment connaissez-vous ces choses? demanda le fonctionnaire.

— Je ne vous répondrai pas, Yeou, et d'ailleurs, la façon dont j'ai appris ces informations n'est pas importante. Je veux que vous m'écoutiez jusqu'à la fin, car il me reste une chose à vous dire.

Tous le regardèrent de nouveau, un peu abasourdis par les révélations.

— L'empereur va bientôt mourir, poursuivit-il, dans quelques semaines pour être plus précis. Vous devez donc fuir dès que vous le pourrez si vous ne tenez pas à l'accompagner dans son long voyage pour l'au-delà. Je vous ai réunis ici pour vous prévenir, car je tiens à vous et je sais à quel point il vous a fait souffrir. Fuyez avec vos familles.

— Mais voyons, commença Yeou, paniqué, c'est impossible! Quelle histoire nous racontez-vous là?

Yu Hi se redressa, prêt à défendre son maître, lorsque Phoenix lui fit comprendre de se rasseoir.

— Vous n'êtes pas obligés de me croire, mais je tenais simplement à vous avertir. Ce que vous ferez de ces informations ne regarde que vous, vous êtes libres d'en faire ce que bon vous semble. Pour ma part, j'ai fait ce que j'avais à faire. Je vous annonce donc qu'à partir de demain je ne serai moi-même plus ici. Je quitte la cité pour rentrer chez moi, et je tenais à ce que vous sachiez ce qui vous attend dans les semaines à venir. Mon rôle n'est pas de changer le cours des choses, mais cette fois, je ne peux rester indifférent à votre malheur.

Le maître artisan Li Lin se leva, priant sa fille d'en faire autant, avant de saluer respectueusement le *xiàoguan*.

— Je vous remercie, *fù* Phoenix, nous vous souhaitons un heureux retour chez vous. Pour notre part, nous suivrons vos conseils. Je ne tiens pas à ce que Qin poursuive son œuvre de destruction contre ma famille, conclut-il en regardant avec attendrissement sa fille. J'ai déjà trop souffert de sa main...

Yeou s'était levé, également silencieux. Il ne savait trop que dire, quand Li Lin lui fit signe de le suivre. Avec un salut respectueux, ils se dirigeaient vers la porte, lorsque Phoenix vit Xindi revenir vers lui pour déposer sur sa joue un doux baiser. La jeune fille rougissante plongea ses yeux noirs dans ceux de l'officier.

— Xindi.

— *Fù* Phoenix, je suis navrée que nos routes se séparent... Peut-être nous reverrons-nous ?

— Je ne le crois pas, chère Xindi, la distance qui nous sépare est beaucoup trop grande. Nous vivons dans des mondes vraiment différents. Je vous souhaite beaucoup de bonheur...

La jeune fille laissa couler quelques larmes avant de rejoindre son père.

— *Shi* Li Lin, lança Phoenix, accepteriez-vous la compagnie de Yu Hi, à qui je rends sa liberté ? C'est un homme bon et travailleur qui, j'en suis certain, sera heureux d'apprendre un métier à vos côtés.

Le maître artisan accepta d'un signe de la tête. Le domestique se tourna vers Phoenix :

— Mais je veux demeurer avec vous, *fù*, je veux continuer de vous servir…

— Non, Yu Hi, tu ne le peux pas et je ne le veux pas, dit Phoenix d'un ton ferme, ne souffrant aucune contestation. Je dois partir et tu ne peux m'accompagner là où je vais. Une dernière chose, *shi*, amenez avec vous le jeune messager Sima Qian et son père, car mon instinct me dit que sa participation à l'Histoire n'est pas terminée.

Se retrouvant seul dans ses appartements, Phoenix passa une partie de la nuit à réfléchir et à faire le point sur les événements. Il avait proposé au vieux médecin de fuir également, mais celui-ci lui avait répondu dans un demi-sourire que sa place était auprès de l'empereur, même dans l'au-delà.

Phoenix était maintenant prêt à rentrer chez lui, sa mission était terminée. Sa conclusion était amère, mais l'enquêteur s'avoua heureux du tour qu'il venait de jouer à Qin Shi Huangdi. Si l'empereur ne pouvait se montrer magnanime, il avait bien raison d'appréhender le jour où il devrait affronter ses victimes.

LEXIQUE

Autodafé : destruction par le feu.

Binù : esclave.

Brouette : invention chinoise qui remonte au IIIe siècle av. J.-C.

Calligramme : texte dont les lignes forment des dessins.

Chen Kuo : nom exact de l'ingénieur responsable de la construction du mausolée de l'empereur Qin Shi Huangdi.

Chou di : ennemi.

Claie : clôture à claire-voie (ajourée) en bois ou en métal.

Claire-voie : clôture ou panneau fait d'un entrecroisement de lattes, laissant passer la lumière.

Confucéens : partisans de Confucius (551-479 av. J.-C.) : philosophe et lettré chinois, père d'une doctrine basée sur une politique sociale et morale ; sa philosophie repose sur cette simple phrase : *L'Homme doit vivre en bonne société avec ses semblables.*

Desserts glacés : on fait ici mention de la crème glacée, puisque ce sont bien les Chinois qui ont inventé ce délice qu'ils aromatisaient de fruits et d'essences de fleurs.

Épicanthus : repli cutané de l'angle interne de l'œil.

Fùguan : aide de camp militaire, domestique.

Fù : maître.

Guàn : officier fonctionnaire.

Huangdi : nom de l'empereur Qin Shi Huangdi, qui veut dire « souverain » ; son nom complet se traduit par « Premier Auguste Souverain » ; le nom pouvait donc se découper et devenir Qin, Shi ou Huangdi pour désigner l'empereur lui-même.

Incandescence : état d'un corps qu'une température élevée rend lumineux, par exemple le rougeoiement du charbon de bois après que le feu s'est éteint.

Ji : posture assise, dans laquelle la personne s'assoit sur ses genoux, les fesses appuyées sur ses talons ; c'est la position officielle et obligatoire à la cour, elle démontre le respect envers l'hôte ; comme cette position est fatigante à la longue, on dispose à la gauche des convives – jamais à leur droite, car cela porte malheur – un accoudoir pour les soulager.

Jiangling : général.

Kejing : précédant un nom propre ou commun, signifie « respectable », « honorable » ou « vénérable ».

Lattis : garniture faite de lattes de bois.

Li : distance équivalant à peu près à cinq cents mètres.

Modus operandi : expression employée ici pour décrire leur mode de fonctionnement, leur mode préparatoire.

Monopode : qui possède seulement un pied.

Porte-lune : porte ou ouverture de forme ronde.

Poudre noire : combinaison explosive créée par les Chinois à une époque encore mal établie : dans un premier temps, elle fut utilisée à des fins esthétiques, pour les feux d'artifice, avant de devenir l'ingrédient de base des premières armes à feu.

Qin Shi Huangdi : premier empereur de Chine.

Reg : sol des régions désertiques formé de cailloux.

Sbire : homme de main.

Sceau de jade : sceau par lequel le pouvoir se transmettait d'un empereur à son successeur.

Sima Qian (ou Simaqian) : nom réel du premier historien ayant parlé du mausolée ; bien qu'il ait réellement existé et soit contemporain de cette période historique, il figure dans cette histoire dans un contexte inventé, sous les traits d'un enfant espiègle.

Shi : maître, dans le sens de professeur.

Tianzi : Fils du Ciel, qualificatif précédant généralement le nom d'un empereur.

Toumàn : nom exact du dirigeant militaire occupant la région de Xiongnu, en Mongolie, durant le règne de Qin Shi Huangdi ; il fut renversé par le général Meng Tian.

Wansul : qualificatif précédant le nom de l'empereur et qui veut dire « Votre Majesté ».

Wèi : sous-officier.

Xiongnu : peuple du nord de la Chine qui tenta plusieurs fois d'envahir l'empire ; c'est pour se protéger de ses attaques fréquentes que la Grande Muraille fut érigée.

Xiàoguan : titre militaire d'officier supérieur, chef de régiment ; on le remarque par le port de l'épée et par la forme de son chapeau, réservé à son grade.

Yixing : type de théière brun-rouge.

Yuàn : officier subalterne.

Zu : militaire en armure ; on le reconnaît à son chapeau rond.